CARTE

AKATSUKI JIHEN 1

SOMMAIRE

DORÉNAVANT, VOUS NE DEVEZ PLUS ADRESSER LA PAROLE À MADEMOISELLE UZUKI.
C'EST BIEN COMPRIS, MESSIRE MUTSUKI ?
MAIS POURQUOI ?
C'EST MA PETITE SŒUR, QUAND MÊME !
IL EST VAIN DE CHERCHER UNE RAISON ...
C'EST LA RÈGLE, VOILÀ TOUT.
QUE NOTRE FAMILLE AVAIT UN PROBLÈME.
CE JOUR-LÀ, JE ME SUIS DIT...
1 FRÈRE ET SŒUR

1
FRÈRE ET SŒUR

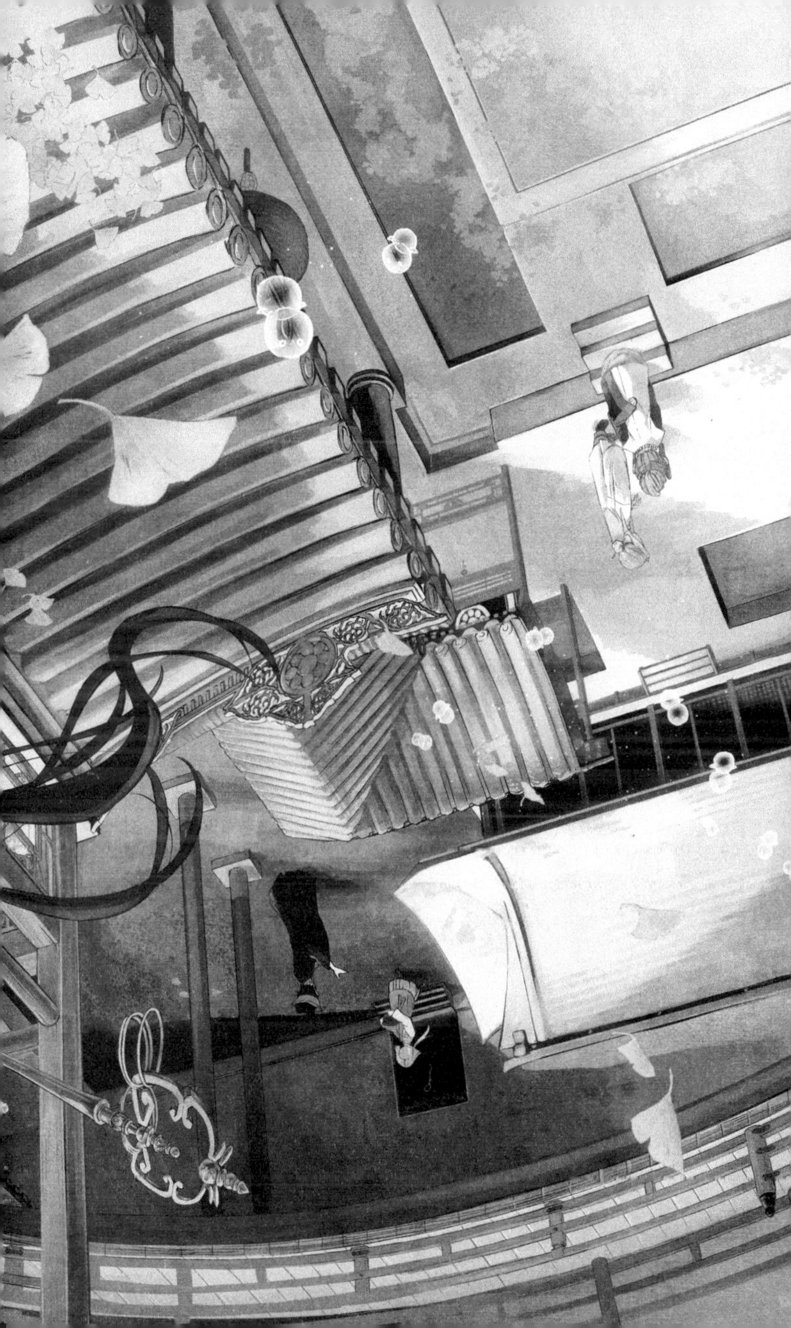

AKATSUKI JIHEN

ZUM
MA PETITE SŒUR EST TRÈS MIGNONNE.

EST-CE QUE JE PENSE ÇA PARCE QUE C'EST MA SŒUR...
OU PARCE QUE C'EST VRAIMENT LE CAS ?
VIOUSH !!
JE SUIS SI FIER DE TOI !!
VSH !!!
?!
CLAP

TU NE POURRAIS PAS ARRÊTER AVEC CES FLATTERIES ?
MUTSUKI !
SI TU AS TROP DE TEMPS LIBRE, QUE DIRAIS-TU D'UNE PETITE JOUTE AU LIEU DE ME DÉCONCENTRER ?
Hein ?!
MAIS JE SUIS TROP OCCUPÉ À T'ADMIRER, UZUKI...
...
ET PUIS JE NE CONNAIS RIEN AUX ARTS MARTIAUX !
TU PEUX UTILISER TES TECHNIQUES SHAMANIQUES.
TCHAC
!
CLING
GWOOO

PLAF
JE LE SAVAIS, J'EN SUIS INCAPABLE !!
?!
Tout...
TOUT VA BIEN ?!
OUH LÀ LÀ !
J'y suis allée un peu fort...
POURQUOI N'AS-TU PAS ATTAQUÉ ?
J'Y PEUX RIEN !
SI JAMAIS JE TE BLESSAIS...
JE CROIS...
QUE JE FONDRAIS EN LARMES.
FLOP
C'EST UN ENTRAÎNEMENT, PAS LA PEINE DE ME COUVER AUTANT...

Pff...
RESSAISIS-TOI S'IL TE PLAÎT !
SI TU REFUSES D'ÊTRE MON ADVERSAIRE ...
À QUI D'AUTRE PUIS-JE M'ADRESSER ?
PLOF
AUX YEUX DE NOTRE FAMILLE...
UZUKI N'EXISTE PLUS...
DONG
ON SONNE L'ALARME !
DONG
!
DONG

DÉSOLÉ, UZUKI !
DZZZZT
DZZZZ
À PLUS TARD !!
TAP
TAP TAP
PARCE QU'ELLE NE PEUT PAS MANIFESTER DE POUVOIR SHAMANIQUE.

BONJOUR, MESSIRE MUTSUKI.
UNE BÊTE SACRÉE EST APPARUE DANS LES MONTAGNES À L'EST DE LA VILLE FLEURIE.
SALUT, KIN'U.
OUAH !
ELLE DOIT ÊTRE FORTE ...
NOUS DEVONS Y ALLER À-TIRE-D'AILE.
CLING
OISEAU DE BRUME !!
GWOOO
VIOUSH

FIUUU
NOUS SOMMES UNE FAMILLE DE SHAMANS.
ET L'UNE DES PLUS RÉPUTÉES DE TOUTES ...
LE CLAN SUKAKU.

CHEZ NOUS, QUAND UN ENFANT ATTEINT L'ÂGE DE SEPT ANS…
IL PREND PART À UN RITUEL POUR ÉVALUER SON ÉNERGIE SPIRITUELLE…
GWOOO
GRÂCE À CETTE PERLE QUI RÉAGIT AU POUVOIR PARTICULIER…
QUE SEULS POSSÈDENT LES SHAMANS.
DZZZT
HEIN …
QU'Y A-T-IL ?
SON POUVOIR DEVRAIT SE MANIFESTER, COMME CELUI DE MESSIRE MUTSUKI L'AN DERNIER…
POURQUOI NE SE PASSE-T-IL RIEN ?

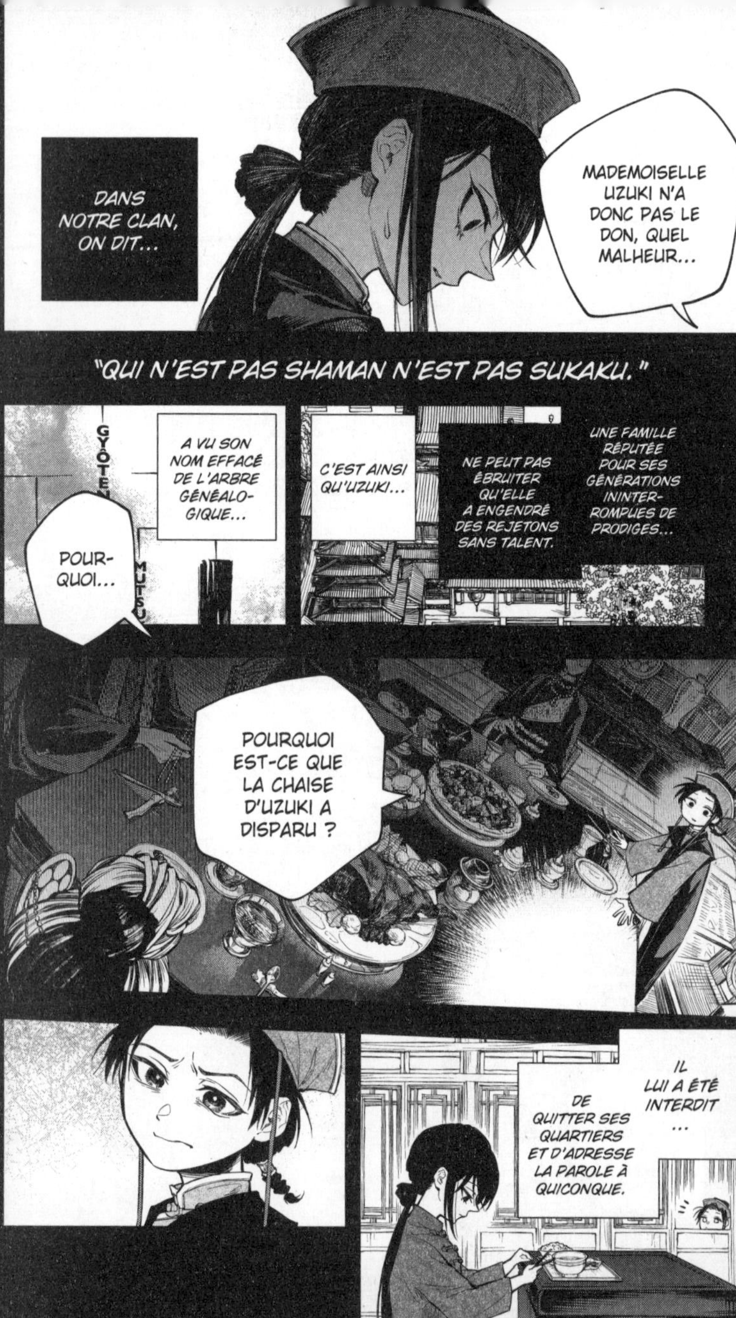
MADEMOISELLE UZUKI N'A DONC PAS LE DON, QUEL MALHEUR…
DANS NOTRE CLAN, ON DIT…
"QUI N'EST PAS SHAMAN N'EST PAS SUKAKU."
UNE FAMILLE RÉPUTÉE POUR SES GÉNÉRATIONS ININTER-ROMPUES DE PRODIGES…
NE PEUT PAS ÉBRUITER QU'ELLE A ENGENDRÉ DES REJETONS SANS TALENT.
C'EST AINSI QU'UZUKI…
A VU SON NOM EFFACÉ DE L'ARBRE GÉNÉALO-GIQUE…
POUR-QUOI…
POURQUOI EST-CE QUE LA CHAISE D'UZUKI A DISPARU ?
IL LUI A ÉTÉ INTERDIT …
DE QUITTER SES QUARTIERS ET D'ADRESSE LA PAROLE À QUICONQUE.

PÈRE !!
VSH
POURQUOI EST-CE QU'UZUKI DOIT SOUFFRIR DE LA SORTE ?!
ESTIME-TOI HEUREUX QU'ON LA LAISSE EN VIE.
DANS CETTE FAMILLE...
IL Y A CENT ANS À PEINE...
ON EXÉCUTAIT ENCORE CEUX DÉPOURVUS DE DON.

SI ON S'ENFUYAIT, UZUKI ?
ON PARTIRA D'ICI TOUS LES DEUX !
QUAND ON SERA PLUS GRANDS...
TU NE PEUX PAS RESTER DANS CETTE FAMILLE.
!
"ON QUITTERA CETTE MAISON ET..."
VIOUSH
MESSIRE MUTSUKI.
NOUS Y SOMMES !
FIUUU

SKRRRAK
BRROO
UN ÉBOULEMENT !
OOO
UN PEU VIOLENT, TON ÉBOULEMENT !
Une explosion, plutôt !
OOM
ET POUR CAUSE...

CETTE BÊTE SACRÉE EST ISSUE DE LA MONTAGNE.
ELLE FAIT PLUS DE DÉGÂTS QUE CELLES ISSUES DES PLANTES.
DÉTOURNEZ SON ATTENTION, S'IL VOUS PLAÎT.
TAP
COMPTE SUR MOI !!
DZZZZZ

BRRRAM
PAR LES 31 PERLES DU VENT ...
GWOOO
VSH

RAFALE TRANCHANTE !!
SHLAC
FSHHH
VIOUSH
TAP
Ouf, ça a marché !
Bien joué, Kin'u !
C'EST TOUJOURS FACILE QUAND TU ES LÀ !
TAP
VOUS N'ÊTES PAS ASSEZ SOIGNEUX, MESSIRE MUTSUKI.
VOUS DEVRIEZ VISER AVEC PLUS DE PRÉCISION...
Et blablabli et blablabla...

PARVENIR À BLESSER UNE BÊTE SACRÉE DE CETTE ENVERGURE RELÈVE DE L'EXPLOIT.
CELA DIT...
CLING
PEU DE PERSONNES Y PARVIENNENT À SEULEMENT 15 ANS.
FSHHH
JE RÊVE OU CE SONT DES COMPLIMENTS QUI VIENNENT DE SORTIR DE TA BOUCHE ?
SURVEIL-LEZ VOS PROPOS.
Le choc...
LE DEVOIR D'UN SHAMAN EST DE PROTÉGER LES GENS DES CATASTROPHES NATURELLES ...
MAIS AUSSI DE FORMER LA NOUVELLE GÉNÉRATION.
VOUS ÊTES LE FUTUR HÉRITIER DU CLAN, MESSIRE MUTSUKI...
RIEN NE ME FAIT PLUS PLAISIR QUE DE VOUS VOIR PROGRESSER.

* SORTE DE CHAUSSONS À LA VIANDE, NDT.

POURTANT, JE N'AI JAMAIS DIT UNE SEULE FOIS...
TAP TAP
QUE JE COMPTAIS PRENDRE LA SUCCESSION DE LA FAMILLE.
MESSIRE MUTSUKI !!
LORSQUE VOUS DIRIGEREZ LE CLAN, VOUS SEREZ RES-PONSABLE DE LA SÉCURITÉ DE HUIT MILLIONS D'ÂMES...
VOUS DEVEZ ÉTUDIER ET VOUS ENTRAÎNER SANS RELÂCHE !
M...
MAIS D'ABORD ...
JE DOIS APPORTER CES MÉDICA-MENTS !
UZUKI EST TOMBÉE ET...
QUELLE IMPORTANCE, ENFIN ?!
GLOUPS
COMBIEN DE FOIS VOUS A-T-ON DIT DE NE PLUS ADRESSER LA PAROLE À CE REBUT ?!

SI NOS POUVOIRS ET NOTRE POSITION...
NE SERVENT MÊME PAS À PROTÉGER MA SŒUR...
QUELLE VALEUR PEUVENT-ILS BIEN AVOIR ?
"UN SHAMAN FAIBLE ATTISE LES CRAINTES DU PEUPLE.
À PLUS FORTE RAISON S'IL N'A PAS LE DON.
ON NE PEUT TOLÉRER SON EXISTENCE."
MOI, JE REFUSE DE DIRE DES CHOSES PAREILLES À UZUKI.
MOI...
TAP
TAP
TAP

JE VEUX SEULEMENT ...
ÊTRE UN GRAND FRÈRE ORDINAIRE.
"SI ON S'ENFUYAIT, UZUKI ?"
ON VA QUITTER CETTE MAISON ...
ET PARTIR À LA RECHERCHE D'UN ENDROIT...

* BOULETTES DE RIZ GLUANT ENVELOPPÉES DANS DES FEUILLES, NDT.

TU ES VRAIMENT SÛR DE TOI...
MON FRÈRE ?
COMMENT ÇA ?
DANS LE CLAN, TON AVENIR EST ASSURÉ...
ET TOUT LE MONDE COMPTE SUR TOI.
C'EST À CAUSE DE MOI QUE TU VAS Y RENONCER...
JE ME DIS QUE SI TOUT RESTAIT PAREIL...
UZUKI.

SI TOI, TU N'AS PAS CES OPPORTUNITÉS-LÀ...
C'EST JUSTE PARCE QUE PERSONNE NE TE CONNAÎT.
TU ES TELLEMENT MIGNONNE, COURAGEUSE, SÉRIEUSE, FORTE, GENTILLE ...
INTELLIGENTE, GRÂCIEUSE, ET TU AS DE SI BEAUX YEUX, ET TES PETITES POMMETTES SI SOUPLES...
STOP
STOP
STOP !
Mes pommettes ?
QU'EST-CE QU'ELLES VIENNENT FAIRE DANS L'HISTOIRE ?
BREF, S'IL SAVAIT QUI TU ES...
LE MONDE ENTIER T'ADORERAIT, C'EST CERTAIN !

J'AI ENVIE DE TE VOIR SOURIRE, ENTOURÉE DE GENS QUI T'AIMENT.
Et puis...
NOTRE BUT EST DE TROUVER LE BONHEUR.
ALORS ON NOUS LE PARDONNERA BIEN !
ALLEZ HOP !
LA VIEILLE VENDEUSE NE NOUS A PAS DONNÉ TOUS CES XIANBING POUR RIEN, QUAND MÊME !
EUH... D'ACCORD ?
ALLONS-NOUS-EN, UZUKI !

CE N'EST PAS À NOTRE FAMILLE...
DE DÉCIDER DE NOTRE VIE POUR NOUS.
SI ON SE PRÉPARE ENSEMBLE ...
On devrait aller là-bas, c'est en bord de mer !!

DEPUIS DÉJÀ SEPT ANS...
Oh oui, ce doit être beau !
Il ne faut pas s'enfuir à cette heure-là, ça se remarquera tout de suite.
Messire Mutsuki, où êtes-vous ?!
C'est l'heure de votre entraînement !!
J'ai trouvé un passage secret !!
ZAM
C'est trop étroit, on ne pourra pas passer par là quand on sera plus grands !
ZAM
C'EST BIEN EN VUE DE CE JOUR, NON ?

ALORS ÇA Y EST... ON VA VRAIMENT PARTIR...
QUITTER CETTE MAISON...
OUI, À PARTIR DE MAINTENANT ...
ON VA VOIR DE NOUVEAUX HORIZONS ET RENCONTRER PLEIN DE GENS.
J'AI HÂTE !

QUEL DOMMAGE ...
MESSIRE MUTSUKI.
FIUUUU
KIN'U ?!
MAIS...
WOOOSH

DZZT
QU'EST-CE QU'IL FAIT ICI ?!
ZASH
UZUKI, RECULE !
NON, PARS DEVANT !!
ET TOI, GRAND FRÈRE ?!

VU L'ATTITUDE DE KIN'U, IL A EU VENT DE NOTRE PLAN !
SAUVE-TOI TOUT D...
ZAT
"EU VENT" ?
ZAT
NON, JE SUIS AU COURANT DEPUIS DES ANNÉES.
!!
EN PLUS DE COMBATTRE LES BÊTES SACRÉES...
LES MEILLEURS SHAMANS SAVENT LIRE L'AVENIR...
POUR MIEUX ANTICIPER LES CATAS-TROPHES.
NOTRE CHEF, VOTRE PÈRE, EST MÊME CAPABLE DANS UNE CERTAINE MESURE...
DE CONNAÎTRE LE FUTUR D'UNE PERSONNE PRÉCISE !

MAIS VOUS L'IGNORIEZ SANS DOUTE...
PUISQUE VOUS N'AVEZ CESSÉ DE LE FUIR TOUTES CES ANNÉES.
"ESTIME-TOI HEUREUX QU'ON LA LAISSE EN VIE."
IL FAUT DIRE QUE CE N'EST PAS UNE FIGURE PATER-NELLE DIGNE DE RESPECT.
PSST
UZUKI ...
PROFITE DE SA PROCHAINE ATTAQUE POUR SAUTER DU TOIT !
ET TOI ?
ÇA IRA.
FSH
KIN'U EST TRÈS RESPEC-TUEUX DES RÈGLES...
IL NE VA PAS ATTAQUER L'HÉRITIER DU CLAN À PLEINE PUISSANCE !
Enfin j'espère ...

ZRAT
VIOUSH
SUR ORDRE DE MAÎTRE GYÔTEN, LE CHEF DU CLAN...
JE VAIS COUPER COURT À VOTRE TENTATIVE D'ÉVASION, MESSIRE MUTSUKI.
PAR LES 17 PERLES DU VENT !
FIUUU

VOLÉE DE FLÈCHES !
TCHAC
TCHAC
TCHAC
TCHAC
DZZT
TU COMMENCES À M'ÉNERVER, KIN'U !
DZZZ

UZUKI EST LÀ AUSSI, JE TE SIGNALE !!
ALORS ARRÊTE UN PEU DE L'IGNORER !!
DZZT
TAP
SI JE PUIS ME PERMETTRE...
C'EST VOTRE ATTITUDE QUI LAISSE À DÉSIRER.
!
PLAF
VOUS POSSÉDEZ UN TALENT PRODIGIEUX...
KRR
KRR
KRR
ET VOUS LE GÂCHEZ DEPUIS SEPT ANS POUR UNE MOINS-QUE-RIEN.
TAP

EN CONSÉQUENCE DE QUOI…
VOUS NE REMARQUEZ MÊME PAS UN SORT AUSSI SIMPLE QUE CELUI-CI.
DZZZ
VIOUSH

UZUKI !!
VSH
QU'EST-CE QUE TU FAIS ?
JE M'ENTRAÎNE.
Mais d'abord...
ES-TU SÛR QUE TU DEVRAIS ME PARLER ?
TING
ON RISQUE DE TE GRONDER, NON ?
C'EST PAS GRAVE !
DIS-MOI, POURQUOI EST-CE QUE TU T'ES MISE AUX ARTS MARTIAUX ?
ÇA NE MARCHE NI SUR LES SHAMANS NI SUR LES BÊTES SACRÉES.

PARCE QUE TU ES REVENU BLESSÉ, LA DERNIÈRE FOIS...
ET AUSSI PARCE QUE NOTRE FRÈRE AÎNÉ EST MORT...
C'EST UNE BONNE CHOSE QUE LES SHAMANS PROTÈGENT LES AUTRES...
MAIS QUI LES PROTÈGE, EUX ?
JE VEUX POUVOIR VEILLER SUR TOI !
MÊME SI JE SUIS INCAPABLE D'EMPLOYER LES TECHNIQUES SHAMANIQUES ...
JE NE COMPTE PAS RESTER LES BRAS CROISÉS POUR AUTANT !

SI ON S'ENFUYAIT, UZUKI ?
JE M'ÉTAIS DIT LA MÊME CHOSE, UZUKI...

JE VEUX TE PROTÉGER AUSSI.
VRRRSH

LÂCHE-MOI.
LAISSE-MOI…
ALLER M'OCCUPER D'UZUKI…
S'IL TE PLAÎT…

VOUS N'AVEZ DONC PAS FINI AVEC CETTE HISTOIRE ?
FSH
SI JE TUE CE REBUT...
REVIENDREZ-VOUS ENFIN À LA RAISON ?

HEIN ?
C'EST ÉGALEMENT POUR ELLE QUE VOUS AVEZ CONÇU CE RIDICULE PROJET D'ÉVASION.
JE DEVRAIS EXTRAIRE LE MAL À LA RACINE.
C'EST LA MÉTHODE LA PLUS RAPIDE.
NOTRE CHEF LUI-MÊME A DIT QUE JE POUVAIS LA RAMENER MORTE OU VIVE.
AH... C'EST VRAI...
J'OUBLIAIS UNE CHOSE IMPORTANTE QUE J'AI REMARQUÉE DEPUIS MON PLUS JEUNE ÂGE...

NOTRE FAMILLE A UN PROBLÈME.
QU'EST-CE QUE J'ESPÉRAIS...
EN M'INCLINANT DEVANT L'UN D'EUX ?
VOUS POSSÉDEZ UN TALENT PRODIGIEUX ...
MAIS VOUS ÊTES IMMATURE.
IL EST TEMPS D'APPRENDRE UNE LEÇON IMPORTANTE ...

SANS FORCE, RIEN N'EST POSSIBLE.
GWOOO
FORCE MILITAIRE …
POUVOIR POLITIQUE …
CHARISME …
SAVOIR …
RICHESSE …
SI VOUS NE POSSÉDEZ RIEN DE CELA…
TOUT LE TALENT DU MONDE NE VOUS SERVIRA À RIEN.
PRENEZ CONSCIENCE DE VOTRE IMPUIS-SANCE…
ET DEVENEZ MEILLEUR.
ZUT …

LA DERNIÈRE CHOSE QUE JE VOULAIS...
C'ÉTAIT TE GÊNER...
PARDON, GRAND FRÈRE...

JE PENSAIS QUE ÇA SE PASSERAIT BIEN...
PARCE QUE JE M'ÉTAIS PRÉPARÉ À TOUT ABANDONNER DERRIÈRE MOI.
"ABAN-DONNER" ? QU'EST-CE QUE JE RACONTE ?
POUR ÇA, IL FAUDRAIT DÉJÀ QUE J'AIE QUELQUE CHOSE À MOI !
TOUT CE QUE J'AI FAIT, C'EST CAUSER DE LA PEINE À UZUKI, QUEL IDIOT.
JE NE POSSÈDE ENCORE RIEN...
QUE JE PUISSE SACRIFIER POUR LE BONHEUR DE QUELQU'UN !!

VSH
TAP

C'ÉTAIT MOINS UNE ! UNE TELLE TECHNIQUE VENANT DE LUI, JE N'EN REVIENS PAS...
VOILÀ DONC CE DONT IL EST CAPABLE POUR SA SŒUR...
DZZZ
UZUKI ...
PARDON.
TU DOIS ÊTRE TERRIFIÉE...
ET TU ES BLESSÉE ...

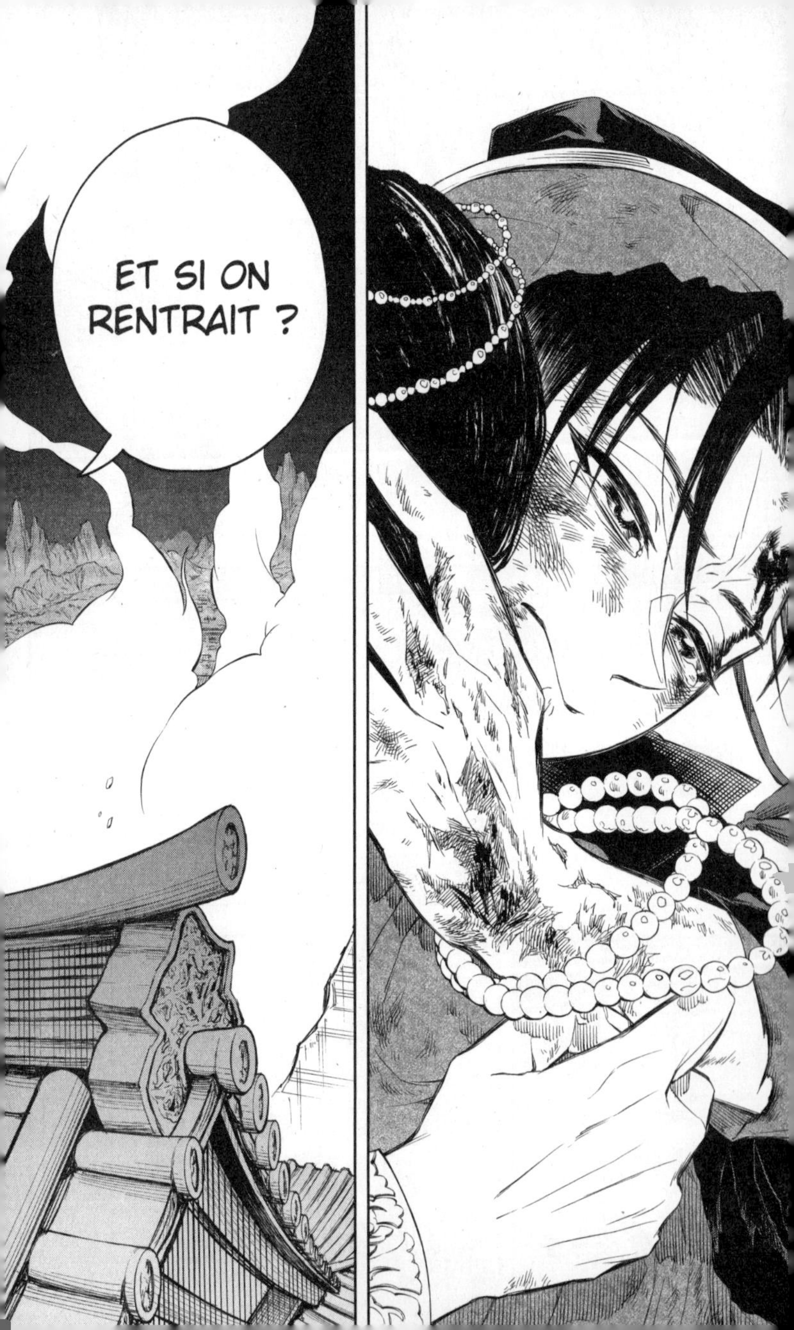
ET SI ON RENTRAIT ?

SI ON RETOURNAIT DANS NOS CHAMBRES ...
ET QU'ON ALLAIT DORMIR ?

ZZZ
TAC
GRMBL
Attends, Mutsuki... C'est la rivière de beignets, par ici...
GRMBL
TU SAIS, MUTSUKI...
MOI...
JE NE DÉTESTE PAS COMPLÈTEMENT ...
CETTE MAISON...

APRÈS TOUT, C'EST ICI QUE SE TROUVENT...
TOUS MES SOUVENIRS AVEC TOI...
ALORS NE T'EN FAIS PAS...
JE PEUX ATTENDRE ENCORE UN PEU...
MUTSUKI ...
"SI ON ESSAYAIT À NOUVEAU DE TENIR LE COUP ENSEMBLE ?"

TAP
TAP
IL EST EN TENUE FORMELLE ?
EST-CE QU'IL VA NEIGER, AUJOURD'HUI ?
C'EST SI RARE ...
TAP
LES LIENS FAMILIAUX SONT UNE MALÉDICTION REDOUTABLE.
J'AI TOUJOURS CRAINT...
QU'EN PRENANT LA TÊTE DU CLAN...
JE NE PASSE DU CÔTÉ DES OPPRESSEURS D'UZUKI.

VLAM
MAIS J'AURAIS DÛ M'EN RENDRE COMPTE PLUS TÔT…
MUTSUKI ? QUE ME VAUT CE CÉRÉMONIAL ?
SERAIS-TU VENU T'EXCUSER …
D'AVOIR DÉTRUIT LE MUR D'ENCEINTE LORS DE TA TENTATIVE D'ÉVASION ?
PÈRE…

JE N'AI QU'À DÉPASSER LE CHEF DU CLAN.
CONFIEZ-MOI LE CLAN...
ICI...
ET MAINTE-NANT !

APRÈS TOUT LE MAL QUE TU NOUS AS DONNÉ…
C'EST UN PEU PRÉSOMP-TUEUX, TU NE CROIS PAS ?
JE M'EN FICHE !
IL FAUT QUE JE DEVIENNE QUELQU'UN D'IMPORTANT TRÈS VITE.
ET ENFIN…

JE BÂTIRAI UN LIEU...
OÙ UZUKI POURRA SOURIRE.

2
LE MYTHE DES SUKAKU
À CAUSE DE NOS RÈGLES ANCESTRALES …
MA PETITE SŒUR …
N'EXISTE PAS AUX YEUX DU CLAN.
CETTE FAMILLE A UN PROBLÈME.

2
LE MYTHE
DES SUKAKU

LAPINOUUU
OH, IL EST ADORABLE !
QU'EST-CE QUE C'EST ?
UN PORTE BAGUETTES !
TU MANGES TOUJOURS TOUTE SEULE, NON ?
JE ME SUIS DIT…
QUE SI ON AVAIT DE LA VAISSELLE ASSORTIE…
TU POURRAIS TROMPER UN PEU TA SOLITUDE.
MAIS… IL N'Y EN A QU'UN ?
OUI, J'AI PERDU L'AUTRE…
JE SUIS VRAIMENT DÉSOLÉ !!
J'IRAI EN ACHETER UN AUTRE DEMAIN !!
Garde déjà celui-là !!
CLAP
…
Hi hi !
ÇA NE FAIT RIEN.
?

DE TOUTE FAÇON...
QUAND ON SERA GRANDS ...
TU ME FERAS SORTIR D'ICI, NON ?
!
ALORS LE SECOND LAPIN...
JE L'ACHÈTERAI MOI-MÊME !
ぱっ FSH
し
EN ATTENDANT, GARDE CELUI-CI.
EN GAGE DE TA PROMESSE !
DANS NOTRE CLAN, ON DIT...

* MUTSUKI ET UZUKI SIGNIFIENT RESPECTIVEMENT "PLEINE LUNE" ET "NOUVELLE LUNE", NDT.

JE VAIS ABOLIR CES RÈGLES…
MAIS POUR ÇA, JE DOIS D'ABORD FRANCHIR UN OBS-TACLE…
GYÔTEN 17E CHEF DU CLAN SUKAKU

MON PÈRE...
TE CONFIER LE CLAN ?
C'EST LA PREMIÈRE CHOSE QUE TU ME DEMANDES EN SEPT ANS ?
EN VOILÀ, UN SACRÉ CAPRICE !
MUTSUKI ...
CLAP

TU N'AS AUCUN DROIT DE SUCCESSION !
HEIN ?
TU ES ENCORE UN ASPIRANT, APRÈS TOUT.
OUI, MAIS...
Et puis...
CE TITRE N'EST PAS HÉRÉDITAIRE.
!

FONDATEUR DU CLAN
SUCCESSEUR
ORD
OUEST
EST
CENT
GENTEN
BINTEN
GYÔTEN
SÔTEN
MUTSUKI
À L'HEURE ACTUELLE, NOTRE CLAN SE DIVISE EN CINQ BRANCHES…
CHACUNE D'ELLES A UN CHEF…
ET C'EST LE PLUS FORT D'ENTRE EUX QUI PREND LA TÊTE DU CLAN.
On ne peut pas ignorer les règles et agir selon son bon plaisir !
TU N'ÉTAIS MÊME PAS AU COURANT DE ÇA ?
HMPF !
JE NE SUIS PAS VENU ICI POUR AVOIR CE GENRE DE DISCUSSION …
EST-CE QU'IL SE FICHE DE MOI ?
QUOI QU'IL EN SOIT, SI TU N'AS RIEN D'AUTRE À FAIRE VALOIR…
QUE LE SIMPLE FAIT D'ÊTRE MON FILS…
OUSTE !
TU PERDS TON TEMPS, BLANC-BEC !

GWOOO
KIII
DANS CE CAS ...
JE N'AI QU'À VOUS VAINCRE SUR-LE-CHAMP !!

AH OUI ?
HIER...
UN MEMBRE DU CLAN ÉTAIT MÊME PRÊT À LA TUER !
VOUS AVEZ UN PROBLÈME.
DZZZ
ELLE ET MOI, NOUS SOMMES TOUS LES DEUX VOS ENFANTS !
VOUS FAITES TOUJOURS ...
COMME SI UZUKI N'EXISTAIT PAS...
GRR
JE REFUSE DE LA LAISSER UNE SECONDE DE PLUS...
ENTRE LES MAINS D'UN TYRAN COMME VOUS !!

GRAB

!!
IL M'A...
PROJETÉ DEHORS ?!

CETTE PIÈCE CONTIENT DE NOMBREUX OBJETS DE VALEUR.
JE NE VOUDRAIS PAS QUE TU RAVAGES TOUT COMME LA NUIT DERNIÈRE.
HEIN ?!
JE NE VAIS PAS CASSER QUOI QUE CE SOIT !
UZUKI DORT À L'ÉTAGE !
Lâchez-moi, bon sang !
BAM
DANS TOUS LES CAS...
ZZZ

QUAND ON EST TROP BÊTE POUR SE RENDRE COMPTE DE LA SUPÉRIORITÉ DE SON ADVERSAIRE ...
ON NE PRÉTEND PAS AU TITRE DE CHEF.
C'EST AFFLIGEANT DE RIDICULE !
COMMENT FAIT-IL POUR FLOTTER SI FACILEMENT, LUI ?
KOF
IL ME SEMBLE QUE TU N'AS PAS ENCORE ÉTÉ PUNI POUR TA TENTATIVE D'ÉVASION...
ALORS JE VAIS EN PROFITER ...
POUR T'ENSEIGNER L'ÉCART QUI EXISTE ENTRE NOUS.
GWOOOO
AUJOURD'HUI ...

C'EST LA PREMIÈRE FOIS EN SEPT ANS...
QUE J'ADRESSE LA PAROLE À MON PÈRE.
MAÎTRE GYÔTEN ? BIEN SÛR ...
QUELLE PERSONNE REMARQUA-BLE !
IL A SAUVÉ LA VILLE D'UNE ÉRUPTION VOLCANIQUE, AUTREFOIS.
SI ELLE EXISTE ENCORE, C'EST GRÂCE À LUI !
QUEL GRAND HOMME !
LOIN AU-DELÀ DES MERS, IL EXISTE UNE ÎLE ENTIÈREMENT GELÉE...
OU ENCORE DES VILLES INONDÉES PAR DES PLUIES QUI DURENT DES DIZAINES D'ANNÉES, TU SAIS.
NOUS AVONS UNE CHANCE INOUÏE...
D'ÊTRE NÉS SOUS L'ÉGIDE DU CLAN SUKAKU !
TANT QU'ON VIVRA ICI, JE NE ME FAIS PAS DE SOUCI POUR MA DESCENDANCE.

LES GENS DE LA VILLE…
CONSIDÈRENT MON PÈRE COMME UN SHAMAN EXTRA-ORDINAIRE.
EN FAIT, ON DIRAIT MÊME QU'ILS LE VÉNÈRENT.
POURRAIS-JE VOUS DEMANDER DE CARESSER LA TÊTE DE MON ENFANT ?!
FRSH
Je vous remercie.
POURTANT, CE N'EST PAS COMME SI…
LA BÉNÉDICTION D'UN SHAMAN VALAIT QUOI QUE CE SOIT…
MUTSUKI …
IL SERA BIENTÔT TEMPS POUR TOI…
DE VOIR DE TES PROPRES YEUX CE QUE SIGNIFIE LUTTER CONTRE UN CATACLYSME.

POURQUOI ?

S'IL EST ASSEZ FORT POUR VAINCRE UNE CRÉATURE PAREILLE...
ET PROTÉGER TOUS CES GENS...
POURQUOI EST-CE QU'IL NE FAIT RIEN POUR UZUKI ?
MERCI DE VOTRE AIDE, MAÎTRE GYÔTEN !
UNE BÊTE SACRÉE AUSSI GRANDE ...
AURAIT PU CAUSER DES DÉGÂTS DANS LE MONDE ENTIER...
JE DEVRAIS PLUTÔT M'EXCUSER DE PASSER SI PEU SOUVENT AU PAVILLON.
HA HA HA !
Oh, ce n'est rien...
DANS CE CAS, NOTRE TERRITOIRE AUSSI AURAIT ÉTÉ TOUCHÉ.
C'ÉTAIT TOUT NATUREL !
JE LE HAIS !

C'EST LA PERSONNE QUE JE DÉTESTE LE PLUS AU MONDE.
PAR LES 35 PERLES DES CIEUX...
GWOOO
PLUIE DE HALLE-BARDES !
OOO
TAP
PSHHH
TU VAS T'OBSTINER ENCORE LONGTEMPS ?

CE N'EST PAS FACILE D'ÉVITER DE TE TUER, TU SAIS.
SI TU M'OBLIGES À TE FRAPPER ENCORE...
JE RISQUE BIEN...
DE COMMETTRE UNE MALADRESSE...
AVANT QUE TU RÉUSSISSES À M'ATTEINDRE.
KRRR

AUX YEUX DU PEUPLE...
LES SHAMANS SONT LES ÉGAUX DES DIEUX.
POUR TENIR TÊTE AUX BÊTES SACRÉES ...
CES FORCES PRIMORDIALES DE LA NATURE...
DE SIMPLES HUMAINS NE SUFFISENT PAS !
À DIEU, DIEU ET DEMI.
LES SHAMANS SE DOIVENT D'APPARAÎTRE COMME DES ÊTRES SUPÉRIEURS.
TU COMPRENDS, MUTSUKI ?

ET TA PETITE SŒUR...
EST UNE FAUSSE NOTE QUI MENACE L'INTÉGRITÉ DE CE MYTHE.
SA LIBERTÉ NE PÈSE PAS LOURD DANS LA BALANCE.
FACE À LA TRANQUILLITÉ D'ESPRIT DE NOS HUIT MILLIONS D'HABITANTS...
SÉRIEUX...

C'EST ÇA, VOTRE RÉPONSE ?!
DZZZZT
FSH
?!
TU ES À COURT D'ÉNERGIE SPIRI-TUELLE, JE VOIS.
IL FAUT DIRE QUE TU L'EMPLOIES À TORT ET À TRAVERS DEPUIS HIER.
TU ES NÉ AVEC DU TALENT...
DANS UN CADRE PROPICE À L'APPREN-TISSAGE.
ALORS PROGRESSE À TON RYTHME...
ET REVIENS DONC M'AFFRONTER PLUS TARD.

ZASH
ÇA DEVIENT PÉNIBLE !
PLAF !!
FLOP
MOI...

JE VOUS AI...
TOUJOURS FUI !
ENTRE NOUS DEUX...
IL Y A UNE DIFFÉRENCE DE FORCE ÉNORME...
ET JE NE COMPRENDS PAS DU TOUT VOTRE FAÇON DE PENSER.
ET PUIS...
IL Y A CET ÉCART DE 26 ANS...
QUE JE NE POURRAI JAMAIS RATTRAPER, MÊME AVEC TOUS LES EFFORTS DU MONDE.
MAIS JE DEVAIS MESURER LA DISTANCE QUI NOUS SÉPARE ...
PAR MOI-MÊME...
POUR POUVOIR ALLER DE L'AVANT.

SI JE VOUS AVAIS FAIT FACE DÈS LE DÉPART…
UZUKI N'AURAIT PAS EU À SOUFFRIR AUTANT !!
J'EN AI ASSEZ DE FUIR …
JE NE VEUX PAS AVOIR DE REGRETS.
BRR…
PERSONNE N'A JAMAIS ACCORDÉ AUCUN CRÉDIT À UZUKI…
RIEN NE GARANTISSAIT QUE SES EFFORTS PAIERAIENT…
MAIS ELLE N'A JAMAIS ABANDONNÉ !
SI ELLE TIENT TOUJOURS BON…

ALORS IL N'EST PAS QUESTION QUE JE RENONCE !!
TU REFUSES VRAIMENT D'ENTENDRE RAISON…
JE ME DEMANDE DE QUI TU TIENS ÇA !
TING
ET VOUS, VOUS REFUSEZ DE PRÊTER LA MOINDRE ATTENTION À CE QUE RESSENTENT VOS ENFANTS !!
GWOOO
PAR LES 74 PERLES DES CIEUX …

PRISON PLUVIALE.
!!
SPLASH

BLOU
J'AI HORREUR DES IDIOTS QUI N'ÉCOUTENT RIEN.
RAFRAÎCHIS-TOI UN PEU LES IDÉES...
FWISH
FWISH
AVANT DE PERDRE CONNAIS-SANCE.
CETTE EAU M'ÉCRASE !!
JE NE PEUX PAS BOUGER... J'ÉTOUFFE...

L'EAU S'INFILTRE DANS TOUTES MES PLAIES...
ÇA FAIT HYPER MAL !!

MUTSUKI !
VSH
TU AS REPRIS CONNAIS-SANCE ?!

EH LÀ, DOUCEMENT !!
MAIS QU'EST-CE QUI TE PREND ?
?
BLAM
PAS SI PRÈS, ENFIN !!
Un peu de tenue !!
?
Quoi qu'il en soit...
PAS DE GESTES BRUSQUES !
TU AS BESOIN DE REPOS !!
PLAF
TU PEUX PARLER, TU N'ES MÊME PAS GUÉRIE, TOI NON PLUS !
ÇA ME FAIT TRÈS PLAISIR QUE TU SOIS RESTÉE À MON CHEVET, MERCI ! MAIS VA TE COUCHER !!
FLAP
AU FAIT, QUI A CHANGÉ MES VÊTEMENTS ?
QUELQU'UN DE LA MAISON...
Un homme.
Au réveil, tu dois prendre ce médicament...
AH, OUF...
ÇA NOUS ARRIVAIT BIEN DE PRENDRE NOTRE BAIN ENSEMBLE, QUAND ON ÉTAIT PETITS.
POURQUOI TU ES GÊNÉ POUR SI PEU ?
CRR
CRR
ET TOI, POURQUOI TU NE L'ES PAS ?
On était encore en langes, je te signale !

ET SINON...
EST-CE QUE TU AS PU TE RAFRAÎCHIR LES IDÉES ?
GLOUPS
ALORS TU AS ASSISTÉ À LA SCÈNE DE TOUT À L'HEURE...
RAAAH !
NORMAL, AVEC LE RAFFUT QUE VOUS AVEZ FAIT...
ÇA RÉVEILLERAIT MÊME UNE BLESSÉE GRAVE !
PARDON...
Et puis...
C'ÉTAIT IL Y A DÉJÀ DIX HEURES, TU SAIS.
Ah bon ?!
JE ME SUIS MÊME DEMANDÉ SI TU ALLAIS TE RÉVEILLER...
TU M'AS FAIT PEUR.
JE SUIS VRAIMENT DÉSOLÉ...
HMPF !
ENFIN...

PARLER AVEC NOTRE PÈRE M'A FAIT COM-PRENDRE...
QUEL GENRE DE CHEF IL FALLAIT QUE JE DEVIENNE.
ON ATTEND UNE CERTAINE QUALITÉ DU CHEF DU CLAN.

NOUS NE SOMMES JAMAIS QUE DES HUMAINS.
SI UNE PUISSANTE BÊTE SACRÉE MONTRE RÉELLEMENT LES CROCS...
NOUS N'AVONS AUCUNE CHANCE DE LA VAINCRE.
QUEL EST LE RÔLE DU CHEF, DANS UN CAS PAREIL ?
PEUX-TU ME LE DIRE, KIN'U ?
RALENTIR LA BÊTE, LE TEMPS QUE LES CIVILS SOIENT ÉVACUÉS.
EXACTE-MENT.
SÉISMES, ÉRUPTIONS, MÉTÉORITES ...
FACE À DES CATASTROPHES DE GRANDE AMPLEUR...
IL NE SERT À RIEN D'AVOIR UNE ARMÉE DE SHAMANS, S'ILS SONT TROP FAIBLES...
PAS BESOIN DE SACRIFIER PLUS D'UNE PERSONNE.

CEPENDANT …
IL NE SUFFIT PAS D'ÊTRE PRÊT À MOURIR POUR LE PEUPLE NON PLUS.
ÊTRE RÉSOLU À TENIR UNE SECONDE DE PLUS…
POUR SAUVER UNE VIE DE PLUS.
IL FAUT DE LA TÉNACITÉ.
LUTTER JUSQU'AU DERNIER MOMENT POUR CEUX QU'ON DOIT PROTÉGER …
MÊME CONTRE UNE PUISSANCE SI GRANDE QUE LA MORT EST INÉVITABLE.
C'EST GRÂCE À LA TÉNACITÉ DES PRÉCÉDENTS CHEFS DU CLAN QUE DEPUIS SA FONDATION, IL Y A 400 ANS …
LES CATASTROPHES NATURELLES N'ONT PAS FAIT UNE SEULE VICTIME SUR NOTRE TERRITOIRE.
HA!
LA VÉRITÉ DERRIÈRE LE MYTHE N'EST PAS TRÈS RELUISANTE.

MAIS J'ENTREVOIS CETTE QUALITÉ CHEZ MUTSUKI.
!
IL AVAIT BEAU SAVOIR QUE JE LUI ÉTAIS SUPÉRIEUR ...
IL A TOUT ENCAISSÉ ET M'A TENU TÊTE JUSQU'À PERDRE CONNAISSANCE.
UNE TÉNACITÉ ADMIRABLE !
Enfin...
IL SE LAISSE AUSSI EMPORTER PAR SES ÉMOTIONS...
ET MANQUE DE TOUT, À COMMENCER PAR LA FORCE.
Il n'a rien pu faire, ce n'était pas brillant.
...

MAIS JE LUI RECONNAIS UN CERTAIN POTENTIEL.
IL EST CAPABLE DE SE BATTRE JUSQU'AU BOUT POUR SA SŒUR, C'EST DÉJÀ ÇA.
VOILÀ QUI EST INTÉRESSANT.
...
ET VOUS ? Y A-T-IL QUELQUE CHOSE QUE VOUS TENEZ À PROTÉGER PAR-DESSUS TOUT ?
QUELLE QUESTION ...
SI CE N'ÉTAIT PAS LE CAS, JE NE SERAIS PAS CHEF !
EN SOMME ...
SI ON FAIT COMME SI TU N'EXISTAIS PAS, UZUKI...
C'EST POUR QUE LES GENS CROIENT QUE LES SHAMANS SONT DES DIEUX.

ALORS JE N'AI QU'À DEVENIR UN DIEU POUR DE VRAI.
Euh...
QU'EST-CE QUE TU RACONTES ?
BEN, TU VOIS...
LE PROBLÈME, CE N'EST PAS TON ABSENCE DE POUVOIRS...
MAIS JUSTE QUE LA POPULATION SERAIT INQUIÈTE...
SI ELLE APPRENAIT QUE QUELQU'UN COMME TOI EST NÉ DANS LE CLAN...
PARCE QU'ON SE FAIT PASSER POUR DES DIEUX.

JE DOIS DÉPASSER NOTRE PÈRE !!
JE VOIS...
DANS CE CAS, IL VA FALLOIR...
QUE TU ENTRES AU PAVILLON.

MAIS SI J'EN ÉTAIS VRAIMENT UN…
ON N'AURAIT PAS À FAIRE SEMBLANT…
NI À CACHER TON EXISTENCE !
CAPABLE DE VAINCRE N'IMPORTE QUELLE BÊTE SACRÉE…
ET DE VOUS PROTÉGER, TOI ET TOUS LES AUTRES.

VOUS VOUS RENDEZ AU PAVILLON ?
JE DOIS BIEN ME MONTRER, DE TEMPS À AUTRE.
GWOOO
JE TE CONFIE LE TERRITOIRE.
BIEN !
TOUT COMME LE CLAN SUKAKU PROTÈGE SON PEUPLE...
LES SHAMANS DU MONDE ENTIER...
SONT RÉUNIS DANS UNE INSTITUTION VISANT À NOUS DÉFENDRE DES BÊTES SACRÉES
...

LE PAVILLON CÉLESTE.

COMME SON NOM L'INDIQUE, IL FLOTTE AU-DESSUS DES NUAGES.
ON RACONTE QU'AINSI, IL EST À L'ABRI DES CATASTROPHES...
MAIS PEUT INTERVENIR DÈS QUE L'UNE D'ELLES SE PROFILE.
NOTRE PÈRE...
EST LE CHEF DU CLAN SUKAKU...
MAIS AUSSI LE NUMÉRO UN PARMI LES SHAMANS.

SI TU VEUX VRAIMENT LE DÉPASSER...
TU DEVRAS DEVENIR LE PLUS GRAND SHAMAN DU MONDE.

3 BON VOYAGE

LE PAVILLON CÉLESTE...
L'ASSEMBLÉE DES SHAMANS.
LA SEULE INSTITUTION PUBLIQUE QUI SOIT DÉDIÉE...
À LA LUTTE CONTRE LES BÊTES SACRÉES, SOURCES DES CATACLYSMES.
C'EST GRÂCE À ELLE QUE LES GENS PEUVENT VIVRE SEREINS.

TROIS JOURS SE SONT ÉCOULÉS DEPUIS QUE JE ME SUIS BATTU CONTRE MON PÈRE.
BAM !!
MUTSUKI !!
... KI...

TU M'AS FAIT PEUR…
QU'EST-CE QUI T'ARRIVE, UZUKI ?
CE QUI M'ARRIVE ?
IL FAIT DÉJÀ NUIT NOIRE !
AH !
TON PAUVRE DÎNER EST TOUT FROID !
C'ÉTAIT BIEN LA PEINE QUE JE TE L'APPORTE.
OUPS…
Pardon, je mange tout de suite !
TU AS TOUJOURS ÉTÉ COMME ÇA…
QUAND TU T'ES FIXÉ UN OBJECTIF, TU FONCES TÊTE BAISSÉE…
SANS PRÊTER ATTENTION À CE QU'IL SE PASSE AUTOUR DE TOI.
JE N'AURAIS JAMAIS IMAGINÉ QUE LE JOUR VIENDRAIT…
OÙ TU TE PLONGERAIS SÉRIEUSEMENT DANS LES ÉTUDES DE SHAMANISME.

TU ME RAPPELLES UN PEU NOTRE GRAND FRÈRE.
TÂCHE DE NE PAS TROP FORCER, TOUT DE MÊME.
SSH
BONNE NUIT !
CLAC
ZUT...
JE LUI AI CAUSÉ DU SOUCI.
CE N'EST PAS ÉTONNANT.

APRÈS TOUT, SI J'ENTRE AU PAVILLON…
UZUKI SE RETROUVERA TOUTE SEULE ICI.
LE PAVILLON CÉLESTE …
OU PLUS SIMPLEMENT "LE PAVILLON" …
EST L'ORGANISATION QUI COMMANDE TOUS LES SHAMANS.
SEULS CEUX QUI PARVIENNENT À Y ENTRER …
EN PASSANT UN EXAMEN TRÈS STRICT …
SONT RECONNUS COMME DES SHAMANS EN BONNE ET DUE FORME.

ET LE PROCHAIN EXAMEN AURA LIEU DANS TROIS MOIS.
À PRÉSENT …
JE NE PEUX PLUS FAIRE DEMI-TOUR !
LE LENDEMAIN …

À QUOI EST-CE QUE TU JOUES, MUTSUKI ?
BLA
BLA
TU CROIS QUE ÇA ME FAIT PLAISIR DE VOIR UN MORVEUX SE METTRE À GENOUX DEVANT MOI ?
ENKA
INSTRUCTRICE SHAMANIQUE DE LA MAISON SUKAKU DE L'EST

JE VOUS DEMANDE PARDON...
MAIS JE NE SAIS PAS QUOI FAIRE D'AUTRE. ÉCOUTEZ-MOI, S'IL VOUS PLAÎT.
JE SUIS DÉSOLÉ D'AVOIR FUI TOUTES CES ANNÉES.
DORÉNAVANT, JE SERAI UN ÉLÈVE SÉRIEUX...
JE M'APPLIQUERAI AUX ÉTUDES COMME À L'EN-TRAÎNEMENT.
ALORS JE VOUS EN PRIE ...
EST-CE QUE VOUS VOUDRIEZ BIEN...
M'ENSEIGNER À NOUVEAU LES TECHNIQUES SHAMANIQUES ?!
TU VEUX PASSER L'EXAMEN DU PAVILLON ...
D'OÙ CE REVIREMENT DE DERNIÈRE MINUTE.
JE SUIS VRAIMENT GONFLÉ DE LUI DEMANDER ÇA.
JE VOIS...
ENKA EST MON INS-TRUCTRICE ...
MAIS J'AI TOUJOURS FAIT PASSER UZUKI AVANT SES COURS.
AUTRE-MENT DIT...

C'EST FRUSTRANT, HEIN ?
DE NE RIEN POUVOIR FAIRE D'AUTRE QUE COURBER L'ÉCHINE.
NAVRÉ, MAIS...
APRÈS SEPT ANS À TOURNER LE DOS À CETTE FAMILLE, TU AURAS BEAU FAIRE DES COURBETTES...
TA TÊTE EST TROP VIDE POUR VALOIR QUOI QUE CE SOIT.
ENFIN BON...
JE RESTE UNE ENSEI-GNANTE...
JE NE PEUX PAS IGNORER UN ÉLÈVE...
QUAND IL S'EXCUSE COMME IL FAUT.
ALORS VOILÀ...

VIOUSH
PAF
?!
AU LIEU DE TA BONNE FOI...
TU VAS ME PROUVER TA DÉTERMI-NATION.
TAP
HEIN ?
TU ES VENU POUR T'ENTRAÎNER ...
J'EN DÉDUIS DONC QUE TES BLESSURES SONT GUÉRIES.

J'AI HORREUR DE PERDRE MON TEMPS...
EST-CE QUE TU AS ASSEZ DE CRAN...
POUR ENTRER AU PAVILLON ET DEVENIR SHAMAN ?
ALORS MONTRE-MOI CE QUE TU AS DANS LE VENTRE !
!
JE...
FWUSH
JE SUIS DÉTER-MINÉ !
SI JE VEUX PRENDRE LA TÊTE DU CLAN, JE DOIS...
K!!
PAF!!
TU T'ES TOUJOURS MÉFIÉ...
DE LA VOCATION DE SHAMAN, N'EST-CE PAS ?
CE N'EST PAS CE QUE JE TE DEMANDE ...

!
CE N'EST PAS À CAUSE DE TA SŒUR ...
QUE TU AS CESSÉ DE VENIR À L'ENTRAÎNEMENT.
GRAP
C'EST À CAUSE DE LA MORT DE TON FRÈRE.
EST-CE QUE L'IDÉE DE DEVENIR SHAMAN...
TE FERAIT PEUR ?
GRAND FRÈRE !

PLAF
MATSUKAZE !!
TU ES DE RETOUR !
GRAND FRÈRE !!
PLAF
TU AS ENCORE CHASSÉ DES BÊTES SACRÉES ?
C'ÉTAIT UNE GROSSE JOURNÉE ?
PLOF
MAIS JE SUIS CONTENT DE VOUS REVOIR …
MUTSUKI, UZUKI.
ON N'ACCUEILLE PAS QUELQU'UN QUI RENTRE DU TRAVAIL EN LUI SAUTANT DESSUS, ENFIN…
FSH
UNE SECONDE …
TU NOUS PARLES DES BÊTES SACRÉES, D'ACCORD ?!
Pff…
OH NON, ON JOUE, PLUTÔT !
Ok, ok…
ON VA FAIRE LES DEUX, ALORS !
L'un après l'autre !
BOING
MATSUKAZE ÉTAIT…
LE FILS AÎNÉ DE LA MAISON.

IL ÉTAIT NÉ D'UNE MÈRE DIFFÉRENTE D'UZUKI ET MOI.
MALGRÉ NOTRE ÉCART D'ÂGE DE HUIT ANS…
IL ÉTAIT TOUJOURS AUX PETITS SOINS AVEC NOUS.
ON L'ADORAIT.
EN SOMME …
LES BÊTES SACRÉES SONT À L'IMAGE DE LA NATURE ELLE-MÊME …
C'EST LÀ QU'IL SE PRODUIT DES CATAS-TROPHES…
ET QUE LES SHAMANS INTERVIENNENT POUR LES ARRÊTER, C'EST ÇA ?
TOUT JUSTE !
PARFOIS, LEUR ÉNERGIE SPIRITUELLE EST TROP GRANDE ET CAUSE DES DÉGÂTS AUTOUR D'ELLES.
TU ES TRÈS ATTENTIVE, UZUKI !
BON, ON PEUT JOUER, MAINTENANT ?
PFF…
VOYONS, MUTSUKI…
HA HA HA !
D'ACCORD, ON A PEUT-ÊTRE ASSEZ ÉTUDIÉ.
À QUOI VOUS VOULEZ JOUER ?

DASH
MESSIRE MATSUKAZE...
DOIT ÊTRE ÉPUISÉ PAR SES ACTIVITÉS DE SHAMAN.
POURTANT, IL S'ENTRAÎNE ET ÉTUDIE JUSQUE TARD DANS LA NUIT.
S'IL PREND LA SUCCESSION DE MAÎTRE GYÔTEN...
LE CLAN A DE BEAUX JOURS DEVANT LUI.
IL ÉTAIT SI DOUÉ...
QUE PERSONNE N'AVAIT REMARQUÉ...
GRAND FRÈRE, TU ES DE RETOUR ?!
GRAND FRÈRE ?
QU'IL SE TUAIT À LA TÂCHE.

PARDON …
AVEC L'EXAMEN DU PAVILLON QUI APPROCHE…
JE MANQUAIS UN PEU DE SOMMEIL !
…
GRAND FRÈRE…
POURQUOI EST-CE QUE TU FAIS AUTANT D'EFFORTS ?
HEIN ?
…
TOUT LE MONDE ESPÈRE QUE JE PRENDRAI LA TÊTE DU CLAN.
MÊME PÈRE ME L'A DIT ET RÉPÉTÉ.
IL N'Y A PAS D'AUTRE RAISON.
HMM…
BONNE QUESTION …
PARCE QUE JE SUIS L'AÎNÉ, SANS DOUTE.

SI JE NE RÉUSSIS PAS, JE N'AI AUCUNE VALEUR.
JE DOIS DEVENIR ...
UN SHAMAN AUSSI PUISSANT QUE PÈRE ...
QUI SAURA PROTÉGER LE PEUPLE EN TOUTE CIRCONSTANCE.
AH, DÉSOLÉ ! C'EST UN PEU COMPLIQUÉ, HEIN ?
NE TE SOUCIE PAS DE CES HISTOIRES, MUTSUKI.
...
MAIS UZUKI ET MOI...
ON T'AIMERA TOUJOURS, MÊME SI TU N'ES PAS CHEF, TU SAIS ?
!
HA HA HA...
MERCI, MUTSUKI !

MESSIRE MATSUKAZE EST MORT DANS L'EXERCICE DE SES FONCTIONS ...
*MATSUKAZE, MAISON DE L'EST.
ALORS QU'IL VENAIT EN AIDE AUX VICTIMES D'UNE INON-DATION, IL A ÉTÉ EMPORTÉ PAR LE COURANT.
SON CORPS N'A PAS ÉTÉ RETROUVÉ ...
MESSIRE MUTSUKI...
VOUS ÊTES LE PROCHAIN HÉRITIER DU CLAN.
DÉSORMAIS, C'EST À VOUS DE FAIRE DES EFFORTS !
C'EST VRAI.

À CAUSE DE NOTRE FAMILLE, MON FRÈRE S'EST SACRIFIÉ JUSQU'À EN MOURIR…
ET MA SŒUR EST CLOÎTRÉE ENTRE CES MURS.
ALORS JE ME SUIS DIT QUE LA SEULE SOLUTION ÉTAIT DE M'ENFUIR D'ICI.
MAIS…
J'AURAI BEAU PARTIR…
JE RESTE UN MEMBRE DE CETTE FAMILLE.
UN ENFANT DU CLAN SUKAKU…
LIÉ PAR LE SANG…
À MA SŒUR, MON FRÈRE…
ET MES PARENTS.
SI JE M'EN VAIS…
JE NE POURRAI MÊME PLUS ME RECUEILLIR SUR LES STÈLES DE MON FRÈRE ET DE MA MÈRE.

TOUT CE QUE JE SOUHAITE...
C'EST VIVRE LA TÊTE HAUTE.
POUVOIR CLAMER FIÈREMENT QUE JE SUIS HEUREUX.
ET POUR ÇA...
JE SUIS PRÊT À PORTER LE POIDS DE MON HÉRITAGE...
CELUI DE CETTE FAMILLE ET CELUI DES SHAMANS.
CETTE MAISON EST UNE PART DE MOI QUE JE NE PEUX PAS ABANDONNER.
ALLEZ, AU BOULOT...

ON N'A PLUS QUE TROIS MOIS AVANT L'EXAMEN ...
TAP
ALORS NE RESTE PAS PLANTÉ LÀ !
!
D'ACCORD !

GWOOO
ET VOILÀ, C'EST GUÉRI !
MERCI, KUMOI.
TU DEVRAIS TE MÉNAGER UN PEU, TU SAIS !
AVEC TES VIEILLES BLESSURES, IL NE FAUT PAS CHAHUTER AUTANT AVEC TES ÉLÈVES !
LA PROCHAINE FOIS, JE NE TE SOIGNERAI PAS, COMPRIS ?
ON A ASSEZ D'UNE TÊTE BRÛLÉE SANS CERVELLE AVEC MESSIRE MUTSUKI !
SI MÊME SON INSTRUCTRICE N'EST PAS RAISONNABLE, OÙ VA-T-ON ?
TOUTES MES EXCUSES ...

MOI-MÊME, DANS MA JEUNESSE, J'AI DÛ QUITTER LE PAVILLON À CAUSE DE MA BÊTISE.
DES ÉLÈVES COMME LUI...
ON NE PEUT PAS LES QUITTER DES YEUX.
MUTSUKI EST SI CASSE-COU...
QU'IL A DÉFIÉ MAÎTRE GYÔTEN AU PÉRIL DE SA VIE.
JE CRAIGNAIS QU'IL NE COMMETTE UN JOUR UNE ERREUR IRRÉPARABLE ...
COMME MATSUKAZE OU MOI.
C'EST POURQUOI, AU DÉBUT ...
JE NE VOULAIS PAS DE LUI COMME ÉLÈVE SOUS AUCUN PRÉTEXTE.

MAIS EN FIN DE COMPTE…
LE RÔLE DES SHAMANS EST DE METTRE LEUR VIE EN JEU POUR PROTÉGER CELLE DES AUTRES.
ET C'EST POURQUOI…
VOULOIR AIDER LES GENS N'EST PAS UNE MOTIVATION SUFFISANTE POUR CE TRAVAIL.
MUTSUKI RESTE UN ÉLÈVE TROP TÉMÉRAIRE…
EN REVANCHE, IL SEMBLE POSSÉDER…
UNE VÉRITABLE RAISON DE VIVRE…
CAPABLE DE METTRE UN FREIN À SON IMPRUDENCE.

TOUT IRA BIEN POUR LUI.
JE SUIS SÛRE...
QU'IL DEVIENDRA UN GRAND SHAMAN !

TROIS MOIS PLUS TARD...
LE MATIN DE L'EXAMEN...
ON DIRAIT QUE MESSIRE MUTSUKI...
A ATTEINT UN NIVEAU SUFFISANT JUSTE À TEMPS !
J'AI ENCORE DU MAL À Y CROIRE !
Ça fait peur, non ?
BAH, LES GENS CHANGENT PARFOIS TRÈS VITE !
Mais oui, c'est effrayant.
TOC TOC
MESSIRE MUTSUKI, L'HEURE DU DÉPART APPROCHE !
LE JOUR DE L'EXAMEN, VOUS POURRIEZ AU MOINS VOUS LEVER T...
VRAM
MAIS OÙ IL EST PASSÉ, CE SALE MORVEUX ?!

MUTSUKI ...
OÙ EST-CE QUE TU M'EMMÈNES ?
ET D'ABORD, TU ES SÛR QUE C'EST BIEN LE MOMENT ?
NE T'INQUIÈTE PAS, J'AI FINI TOUS LES PRÉPARATIFS HIER.
VU CE QUI EST ARRIVÉ À NOTRE FRÈRE...
J'AI PENSÉ QU'IL VALAIT MIEUX TOUT RÉGLER AVANT DE QUITTER LA MAISON.
NE PARLE PAS DE MALHEUR, S'IL TE PLAÎT.
NON, JE VEUX DIRE...
SI JE RÉUSSIS L'EXAMEN, JE NE POURRAI PAS RENTRER SOUVENT !
MAIS SI J'ÉCHOUE ET QUE JE REVIENS TOUT PENAUD ...
ON POURRA TOUJOURS EN RIRE ...
...
SST
GRIII
UZUKI...

SI TU ALLAIS DIRE BONJOUR...
À NOTRE FRÈRE ET NOTRE MÈRE ?
TU N'AS PAS PU LE FAIRE...
DEPUIS QU'ILS ONT DISPARU, PAS VRAI ?
Vas-y, je fais le guet !
CETTE PIÈCE ...
EST L'UNE DE CELLES QUI SONT INTERDITES À UZUKI.

LA SALLE DES ANCÊTRES.
OÙ L'ON PEUT SE RECUEILLIR AUPRÈS DES TABLETTES MORTUAIRES DE LA FAMILLE.

UNE FOIS QUE JE SERAI PARTI...
TU TE RETROUVERAS TOUTE SEULE.
VU QUE TOUT LE MONDE FAIT COMME SI TU N'EXISTAIS PAS...
SANS DOUTE QUE PERSONNE NE VOUDRA T'ADRESSER LA PAROLE ...
MAIS...

TU ES BEL ET BIEN LÀ !
C'EST PARCE QUE TU ÉTAIS LÀ...
QUE J'AI PU ALLER DE L'AVANT...
ET QUE J'ARRIVE À FAIRE FACE À NOTRE FAMILLE...
ENCORE MAINTE-NANT.
UZUKI...
MÊME SI DES GENS NIENT TON EXISTENCE...
CE QUE TU M'AS DONNÉ NE DISPARAÎTRA PAS.
LE FAIT QUE JE SOIS EN VIE EST UNE PREUVE QUE TU EXISTES.

ALORS JE TE PROMETS …
QUE JE NE VAIS PAS DISPARAÎTRE …
ET QUE JE REVIENDRAI COÛTE QUE COÛTE, PLUS FORT QU'AVANT !
D'ACCORD …

BON VOYAGE ... GRAND FRÈRE !

À BIENTÔT, UZUKI.

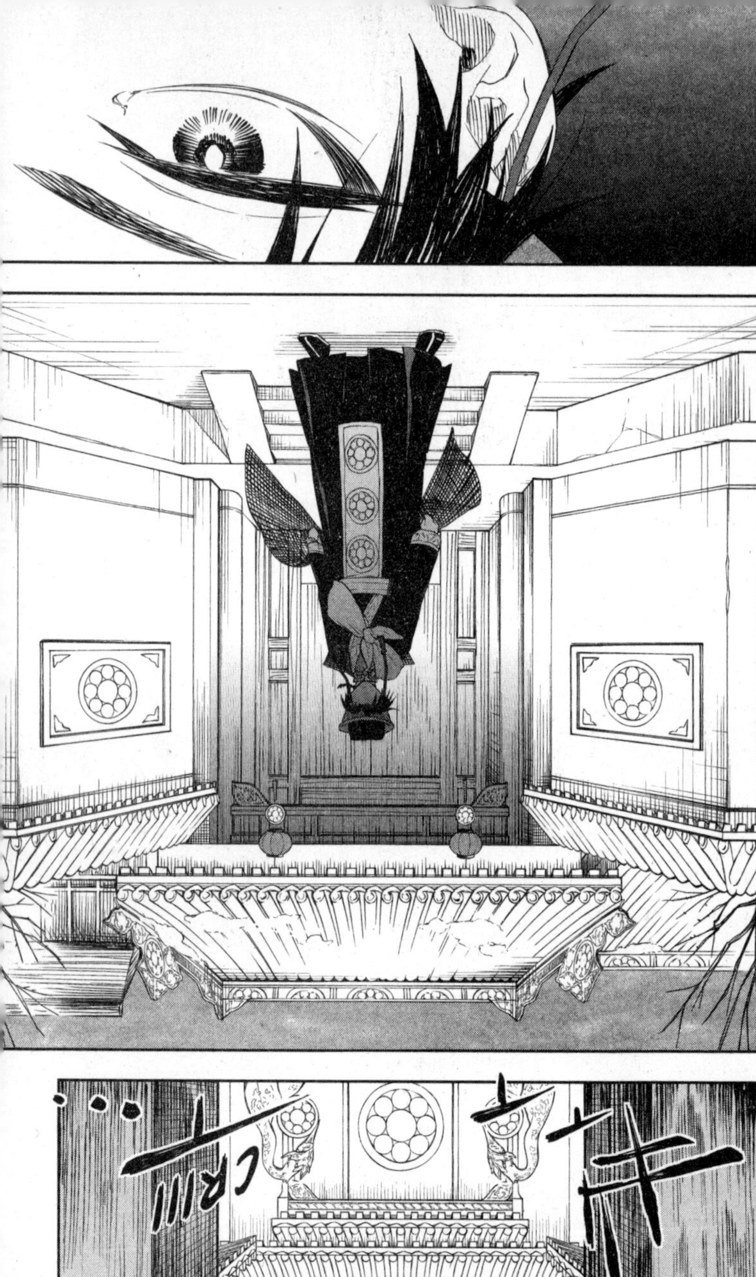
ギギー…
CRI!!!

PENDANT LEUR CONVALESCENCE, ILS ONT AU MOINS PU SAVOURER LES XIANBING ET AUTRES VIVRES PRÉVUES POUR LE VOYAGE.
Les blessures, ça ouvre l'appétit, hein ?
Tu te remets vite, toi...

AKATSUKI JIHEN

LES SUKAKU ...
SONT UN CLAN DE SHAMANS FORT DE CINQ BRANCHES...
ET RESPONSABLE DE HUIT MILLIONS DE PERSONNES.
4
LES PRÉTENDANTS DU CLAN SUKAKU
À SON SOMMET SE TROUVE MON PÈRE...
GYÔTEN.
FSHHH
ET MOI, JE COMPTE BIEN...
SPLASH

LE DÉTRÔNER UN JOUR.
C'EST LE CHEMIN DANS LEQUEL JE ME SUIS ENGAGÉ.

4
LES PRÉTENDANTS DU CLAN SUKAKU
TERRES DU CLAN SUKAKU, EN AVAL DE LA VILLE FLEURIE...
APRÈS 4 H 30 DE VOYAGE...
VILLE DU RESSAC, LIEU DE RASSEMBLEMENT SUD DE L'EXAMEN DU PAVILLON.

ILS PORTENT TOUS DES CHAPELETS.
JE NE SAVAIS PAS QU'AUTANT DE GENS ...
VOULAIENT DEVENIR SHAMANS ...
LES CANDIDATS À L'EXAMEN ...
SONT PRIÉS DE SE RASSEMBLER SUR LE PORT !
EN FAIT...

TOUT LE MONDE ICI…
EST VENU PASSER L'EXAMEN.
COURAGE, MUTSUKI !
LE GRAND CLAN SUKAKU NE RECONNAÎT QUE LES SHAMANS EXCEPTION-NELS.
SI JAMAIS TU RATES CET EXAMEN…
CE N'EST MÊME PAS LA PEINE DE REMETTRE LES PIEDS CHEZ NOUS.
HI
BRRR
BLA BLA
EH, PAS SI VITE, RIN'U !
TU M'ÉCOUTES, OUI ?!
RIN'U !
EN HAUT ?

VLAM
NE TE POSE PAS EN PLEINE RUE, ENFIN !
HOP
ET SI TU BOUSCULAIS QUEL-QU'UN ?
TING
QUEL PLEUTRE TU FAIS, SHÔUN !
HI HI !
OÙ EST LE SOUCI ? AU FINAL, ON EST ARRIVÉS À TEMPS POUR L'EXAMEN ET PERSONNE N'A ÉTÉ BLESSÉ !
OH... C'EST UNE CANDIDATE ?
POUR ATTERRIR AU MILIEU DE CETTE FOULE SANS TOUCHER PERSONNE ...
ELLE DOIT CONTRÔLER SON ÉNERGIE SPIRITUELLE AVEC UNE SACRÉE PRÉCISION...
BLA
BLA
HÉ ! MAIS C'ÉTAIT SUPER DANGEREUX, QUAND MÊME !
PSHHH
BOBOM
BOBOM
TIENS ?

PARDON, J'AVAIS TELLEMENT HÂTE DE PASSER L'EXAMEN...
QUE JE ME SUIS UN PEU EMBALLÉE !!
IL FAUT DIRE...
QUE JE RÊVE D'ÊTRE SHAMAN DEPUIS SI LONGTEMPS !
D'AILLEURS, C'EST TROP DOMMAGE QUE L'ÂGE MINIMUM SOIT DE 15 ANS, J'AURAIS VOULU TENTER MA CHANCE BIEN AVANT !!
J'AI TELLEMENT HÂTE QUE ÇA COMMENCE !
HAA
ELLE A... HÂTE ?
ELLE A L'AIR VRAIMENT CONTENTE D'ÊTRE LÀ...
Elle n'est même pas nerveuse ?
HÉ, MAIS...
C'EST TOI, MUTSUKI ? ÇA FAISAIT UN BAIL !
HEIN ?

OH, TU NE TE SOUVIENS PAS DE MOI ?
ENFIN, PAS ÉTONNANT...
LA FAMILLE, C'EST PAS TROP TON TRUC, HEIN ?
LA FAMILLE ?
TU NOUS REMETTRAS PEUT-ÊTRE SI TU NOUS VOIS ENSEMBLE...
SHÔUN, DESCENDS DE LÀ !
OK.
TAP
OH !
NORD
OUEST
EST
CENTRE
SUD
LE CLAN SUKAKU SE DIVISE EN CINQ BRANCHES...
MAIS N'A QU'UNE SEULE PERSONNE À SA TÊTE.

AUTREMENT DIT, NOTRE MAISON, CELLE DE L'EST…
EST EN COMPÉTITION AVEC LES QUATRE AUTRES.
RIN'U
AÎNÉE DE LA MAISON SUKAKU CENTRALE.
SHÔUN
AÎNÉ DE LA MAISON SUKAKU DE L'OUEST.
ALORS EUX AUSSI SONT CANDIDATS…
AU TITRE DE CHEF DU CLAN SUKAKU !

ÇA VEUT DIRE QUE TU T'ES DÉCIDÉ À PASSER L'EXAMEN, MUTSUKI ?!
J'EN REVIENS PAS !
JE CROYAIS QUE TU NE VOULAIS RIEN AVOIR À FAIRE AVEC LE CLAN OU LES SHAMANS !
EUH... OUI, C'ÉTAIT LE CAS JUSQU'À RÉCEMMENT...
C'EST VRAI QUE TU T'ES BATTU CONTRE MAÎTRE GYÔTEN ET QUE TU AS EXPLOSÉ LA MAISON ?
BOUM !
NON, J'AI JUSTE ABÎMÉ UN PEU LE MUR !
C'est ce qui se raconte ?
JE VOIS...
CLAP !!!
ENFIN, C'EST NORMAL !
QUAND ON A GRANDI...
DANS LA PLUS GRANDE FAMILLE, AUX CÔTÉS DU PLUS GRAND SHAMAN DU MONDE...
QUEL PLUS GRAND BONHEUR QUE D'EN DEVENIR UN AUSSI ?!
VOIR UN MAÎTRE ABSOLU À L'ŒUVRE, C'EST FORMATEUR...
ET TRÈS MOTIVANT...
EN PLUS TU AS DES INSTRUCTEURS SPÉCIALISÉS, TOUT LE MONDE ATTEND BEAUCOUP DE TOI...
TU AS UNE CHANCE FOLLE !

ALORS DIS-MOI ...
QU'EST-CE QUI TE DÉPLAÎT LÀ-DEDANS ?
!
METTRE À PROFIT LES FACULTÉS DONT TU DISPOSES, PRENDRE LA RELÈVE...
DEVENIR UN PUISSANT SHAMAN ET SAUVER DES GENS...
QU'EST-CE QU'IL PEUT Y AVOIR DE MIEUX DANS LA VIE ?
QUELLE RAISON TU AS D'EN VOULOIR AU CLAN ?
JE RECONNAIS QU'IL REND DE GRANDS SERVICES AU MONDE...
MAIS...
SI ÇA DOIT SE FAIRE AU PRIX DU MALHEUR D'UNE PERSONNE...
C'EST INADMISSIBLE !

AH, TU PARLES D'UZUKI ?
C'EST VRAI QUE MOI AUSSI, J'AI ÉTÉ SURPRISE…
QUAND ON NOUS A ORDONNÉ D'UN COUP DE L'IGNORER APRÈS SEPT ANS À LUI PARLER SANS SOUCI…
MAIS ELLE EST JUSTE ASSIGNÉE À RÉSIDENCE…
ELLE PEUT MENER UNE VIE NORMALE, NON ?
SI ÇA APPORTE LA TRANQUILLITÉ D'ESPRIT AU PLUS GRAND NOMBRE, OÙ EST LE MAL ?
ON NE DEVRAIT PAS CONSIDÉRER LES SUKAKU COMME DES DIEUX !
S'IL SUFFIT D'UNE SEULE PERSONNE ORDINAIRE EN SON SEIN POUR ÉBRANLER LE MYTHE…
C'EST QUE CELUI-CI N'A AUCUN SENS !!
TU NE CROIS PAS QUE TU REFUSES JUSTE DE VOIR LES BONS CÔTÉS DU CLAN ?
MOI, JE VEUX ÊTRE SHAMAN COMME MA MÈRE, SÔTEN.
AUJOURD'HUI ELLE DIRIGE LA MAISON CENTRALE…
MAIS PAR LE PASSÉ, ELLE A DISPUTÉ LA PLACE DE CHEF DU CLAN À TON PÈRE JUSQU'AU BOUT…
C'EST LA DEUXIÈME PLUS PUISSANTE DES SUKAKU !

JE VAIS VENGER SON HONNEUR...
ET PRENDRE LA TÊTE DE LA FAMILLE, TU VERRAS !
ALLEZ, NE TRAÎNONS PAS !
ON A RENDEZ-VOUS SUR LE PORT, NON ?
BONNE CHANCE À TOI !
FSHHH

C'EST BON, TOUT LE MONDE EST À BORD ?
DANS CE CAS...
LAISSEZ-MOI VOUS EXPLIQUER EN QUOI CONSISTE L'EXAMEN DANS LES GRANDES LIGNES !
FSHHHH
JE M'APPELLE HAKURO, OFFICIER SUPÉRIEUR DU PAVILLON...
FWIT
ET JE SERAI VOTRE EXAMINATEUR, ENCHANTÉ !
FWIT

Tout d'abord...
J'AI CECI À VOUS DISTRIBUER, FAITES CIRCULER !
MUTSUKI ...
DÉSOLÉ POUR TOUT À L'HEURE.
Hé...
SHÔUN, C'EST ÇA ?
POURQUOI TU T'EXCUSES À LA PLACE DE RIN'U ?
Eh bien...
DE MAUVAISES RELATIONS ENTRE NOS MAISONS RISQUERAIENT DE NOUS COMPLIQUER LA VIE LONGTEMPS.
Je préfère prendre les devants.
Relax...
TU N'AS QUE 15 ANS COMME NOUS, NON ?
RIN'U NE PENSAIT PAS À MAL...
ELLE EST TRÈS SÉRIEUSE, C'EST TOUT.
EN FAIT, NOS MAISONS SONT PROCHES, ALORS ELLE EST COMME UNE SŒUR, POUR MOI...
MAIS JE NE L'AI JAMAIS VUE JOUER UNE SEULE FOIS.
ELLE PRÉFÉRAIT TOUJOURS ÉTUDIER OU S'ENTRAÎNER.

C'EST UN GÉNIE DE L'EFFORT.
ELLE TIENT VRAIMENT AU CLAN ET À SES SHAMANS.
ELLE N'A VÉCU QUE POUR ÇA DEPUIS 15 ANS.
!
ET MOI, PENDANT CE TEMPS, JE N'AI FAIT QUE FUIR...
BIEN...
FSHHH

NOUS VOICI SUR L'ÎLE IMMACULÉE.
C'EST ICI QUE VOTRE ÉPREUVE VOUS ATTEND. VOUS ALLEZ DEVOIR ...
CHASSER LES BÊTES SACRÉES.

5 PERLES SACRÉES ET BÊTES SACRÉES

À VOUS DE VAINCRE ...
LES BÊTES SACRÉES DE CETTE ÎLE.
C'EST VOTRE EXAMEN D'ENTRÉE AU PAVILLON !

N'EMPÊCHE …
ÇA M'ÉPATE DE VOIR QUE CHAQUE ANNÉE …
IL Y A TOUJOURS AUTANT D'INCONSCIENTS QUI VEULENT TENTER LE COUP !
HAKURO
EXAMINATEUR ET OFFICIER SUPÉRIEUR DU PAVILLON
GLOUPS
ÉCOUTEZ-MOI BIEN …
LE TRAVAIL DES SHAMANS …
CONSISTE À PROTÉGER LES CIVILS DES BÊTES SACRÉES LORS DES CATASTROPHES NATURELLES.
GRÂCE À CE TEST, NOUS ALLONS VÉRIFIER SI VOUS AVEZ LES APTITUDES NÉCESSAIRES.
TOUT D'ABORD …
FRSH
FRSH
FLOP
UNE PETITE BÊTE ?

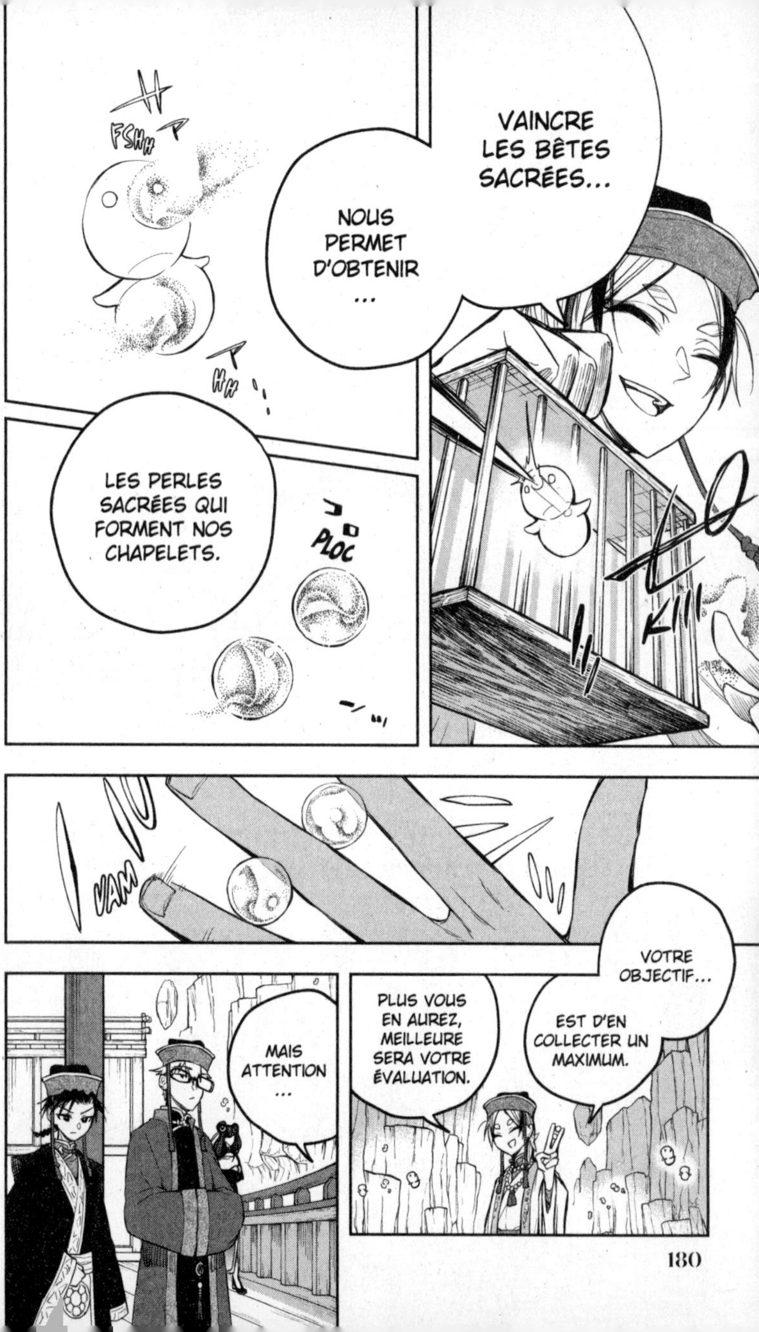
VAINCRE LES BÊTES SACRÉES...
NOUS PERMET D'OBTENIR ...
FSHH
LES PERLES SACRÉES QUI FORMENT NOS CHAPELETS.
PLOC
VAM
VOTRE OBJECTIF...
EST D'EN COLLECTER UN MAXIMUM.
PLUS VOUS EN AUREZ, MEILLEURE SERA VOTRE ÉVALUATION.
MAIS ATTENTION ...

VOUS NE SEREZ PAS JUGÉS SUR CE SEUL CRITÈRE.
NOTRE BOULOT N'EST PAS SI SIMPLE !
PROTÉGER LES GENS, ÇA VEUT DIRE...
SE JETER SOI-MÊME DANS LA GUEULE DU LOUP...
ET PARFOIS, LAISSER MOURIR CEUX QU'ON NE PEUT PAS SAUVER.
NOS RESPONSABILITÉS SONT DES QUESTIONS DE VIE OU DE MORT.
C'EST POURQUOI, VOUS SEREZ SOUS SURVEILLANCE TOUT AU LONG DE L'EXAMEN.
NOS EXAMINATEURS VOUS OBSERVERONT À TRAVERS LES YEUX DES OISEAUX...
POUR ÉTUDIER VOTRE COMPORTEMENT.
BOBOM
BOBOM
Ooh...
DES TECHNIQUES DE POSSESSION ?

ICI, LE TERRAIN EST ESCARPÉ ET LES BÊTES NOMBREUSES...
NOUS FERONS NOTRE POSSIBLE POUR RAPATRIER ET SOIGNER LES BLESSÉS, MAIS VOUS ENTREZ À VOS RISQUES ET PÉRILS !
RESTEZ VIGILANTS.
VOUS AVEZ TRENTE MINUTES.
SUR CE...

VIOUSH
QUE L'EXAMEN COMMENCE !
!
ELLE VA SUPER VITE !
À PARTIR D'AUJOUR-D'HUI...
MOI AUSSI...

JE SUIS UNE SHAMAN !!
HEIN ?
ELLE A ÉCOUTÉ CE QUE VIENT DE DIRE L'EXAMINATEUR ?
BLA BLA
...
"JE NE LA CONNAIS PAS".
TOI, TU ES UNE BÊTE SACRÉE DES ROCHES, HEIN ?!
SI C'EST L'ÉLÉMENT PRINCIPAL DE L'ÎLE, ALORS MÊME LE MENU FRETIN COMME TOI PEUT ÊTRE GIGANTESQUE, JE VOIS !
DIS, DIS...
TU ES PLUS SOLIDE QUE LA NORMALE, OU PAS ?!
ON VA VÉRIFIER ÇA TOUT DE SUITE...

BOUM
PAR LES SEPT PERLES DE LA PLUIE...
GWOOO
GWOOO

PERCE-ROCHE !!
FSHHHH

AU SUIVANT !!
OK !
...
PLIC
PLIC
ぴっちょり
EH BIEN, QU'EST-CE QUE VOUS ATTENDEZ POUR VOUS Y METTRE AUSSI ?!
!!
VIOUSH

PAR LES
22 PERLES
DU VENT...
HIRONDELLE
VÉLOCE !
FIUUU

GRAP
TU NE MÉNAGES PAS TA PEINE, RIN'U.
À NOTRE NIVEAU, POURTANT …
ON PEUT RÉUSSIR L'EXAMEN SANS SE FOULER.
Quel sérieux !
TAC
TAC
FSHHH
DÉCIDÉMENT…
LES DEUX SUKAKU SORTENT DU LOT !
DE TELS PROPOS DE LA PART D'UN SUKAKU, C'EST DU FAVORITISME, NON ?
JE SAIS QUE TU T'ENNUIES PARCE QU'ON N'A PAS ENCORE BESOIN DE TES POUVOIRS DE GUÉRISON, MAIS QUAND MÊME.
Quelle langue de vipère…
ET PUIS JE NE ME VANTAIS PAS, JE ME PLAIGNAIS.
J'IMAGINE QUE LES GENS EXTÉRIEURS AU CLAN METTENT TOUS LES MEMBRES DANS LE MÊME SAC…
MAIS DE MON POINT DE VUE…
CEUX DES MAISONS DE L'OUEST ET DU CENTRE SONT MES RIVAUX !
PARDON, VOUS ÊTES TELLEMENT NOMBREUX QU'ON S'Y PERD.

À propos...
MUTSUKI DE LA MAISON DE L'EST DEVRAIT ÊTRE LÀ AUSSI, MAIS JE NE LE VOIS PAS.
IL NE DOIT PAS EMPLOYER DE TECHNIQUES AUSSI FLAM-BOYANTES QUE LES DEUX AUTRES.
ET PUIS C'EST LE SEUL DES TROIS QUI N'A PAS RÉPONDU À MON SIGNE DE LA MAIN, TOUT À L'HEURE. IL NE SAIT PAS QUI JE SUIS, OU QU...
BOUCLE-LA UN PEU. C'EST LUI, LÀ-BAS, NON ?
AH, TIENS ?
IL N'A TOUJOURS PAS FINI DE GRAVIR LA FALAISE ?
DZZT-!!
TAP
Eh ben...
IL N'ARRIVE À MONTER QUE D'UN OU DEUX ÉTAGES À CHAQUE IMPULSION ?
CE N'EST GUÈRE MIEUX QUE LES PETITS QUI SORTENT JUSTE DE L'ÉCOLE.
CURIEUX, NÉANMOINS ...

COMMENT SE FAIT-IL...
QU'IL RESTE AUSSI CALME ?
Réfléchis...
S'IL GALÈRE AUTANT À ESCALADER LA FALAISE...
IL DEVRAIT PANIQUER BIEN PLUS QUE ÇA.
?
SUSPENDU AU-DESSUS DU VIDE...
ET CERNÉ DE BÊTES SACRÉES, DE FAIBLE NIVEAU CERTES...
UN GAMIN D'À PEINE 15 ANS DEVRAIT ÊTRE TERRIFIÉ...
À MOINS D'AVOIR UN CERTAIN TALENT, COMME RIN'U OU SHÔUN.
Ah oui...
C'EST VRAI QUE CHAQUE ANNÉE, ON A DES CANDIDATS QUI SONT PARALYSÉS PAR LA PEUR...
ET SE BLESSENT EN TOMBANT AVANT MÊME D'AFFRONTER UNE BÊTE SACRÉE.
Exactement.
OU QUI ABANDONNENT À CAUSE DU STRESS.
Ceux de cette année ne devraient pas tarder, d'ailleurs.
MUTSUKI EST ÉTONNAMENT SEREIN, COMPTE TENU DE SES CAPACITÉS.
JE ME DEMANDE POURQUOI ...

C'EST RAGEANT.
ÉVIDEMMENT QUE MES TROIS PAUVRES PETITS MOIS D'ENTRAÎNEMENT NE SUFFISENT PAS.
MAIS... JE N'AI PAS LE CHOIX.
JE SUIS LE SEUL À POUVOIR AIDER UZUKI.
ALORS MÊME SI JE NE SUIS PAS À LA HAUTEUR...
CE N'EST PAS UNE RAISON POUR RENONCER !
AH, JE VOIS...

IL A LE REGARD TOURNÉ VERS QUELQU'UN D'AUTRE.
CEUX QUI VIVENT POUR AUTRUI...
NE BATTENT JAMAIS EN RETRAITE.
BON, MAINTENANT QU'ON CONNAÎT À PEU PRÈS LE NIVEAU DE CHACUN...
ON VA POUVOIR PASSER AUX CHOSES SÉRIEUSES !
BOUM

Je ne sens plus mes doigts...
GAAAH !
C'EST VRAI QU'IL A NEIGÉ CETTE NUIT...
J'ai mal et je suis gelé...

AKATSUKI JIHEN

COMME NI MON FRÈRE NI MA SŒUR NE PLEURAIENT JAMAIS…
JE NE PLEURAIS PAS DEVANT EUX.
MOI NON PLUS…

MUTSUKI
NOMBRE DE PERLES COLLECTÉES : 78
RIN'U
NOMBRE DE PERLES COLLECTÉES : 630
(EN TÊTE)
SHÔUN
NOMBRE DE PERLES COLLECTÉES : 322
(EN 2E POSITION)
IL RESTE DIX MINUTES AVANT LA FIN DE L'ÉPREUVE
...

RIN'U ET SHÔUN SONT PRATIQUEMENT SÛRS DE RÉUSSIR.
ET LES CANDIDATS PROCHES DE LA BARRE ÉLIMINATOIRE DES CENT PERLES...
SONT AU NOMBRE DE SIX OU SEPT, MUTSUKI INCLUS. BONNE CUVÉE !
IL VA ÊTRE TEMPS QU'ILS NOUS MONTRENT...
CE QU'ILS ONT DANS LE VENTRE !
PSHHH
UNE CATASTROPHE NATURELLE...
PROVOQUE UN CHAOS INCONTRÔLABLE...
BOUM
ALORS UN SHAMAN DOIT SAVOIR FAIRE FACE À L'IMPRÉVU.

PAS DE DOUTE...
VU SA TAILLE, C'EST UNE BÊTE DE NIVEAU SUPÉRIEUR...
ET CETTE FUMÉE NOIRE TYPIQUE...
ZASH
SAUVEZ-VOUS !!
HEIN ?!

CETTE BÊTE EST ISSUE D'UN VOLCAN SOUS-MARIN !!
ELLE EST TROP PUISSANTE POUR DES ASPIRANTS !
RÉFUGIEZ-VOUS TOUT DE SUITE DANS LES HAUTEURS !!
QU...
T... TOUT DE SUITE ? MAIS COMMENT ?
TAP
SÉRIEUSE-MENT ? POUR UN SIMPLE EXAMEN...
ILS N'Y VONT PAS AVEC LE DOS DE LA CUILLÈRE...
Pff...
VITE !!
LE NUAGE DE CENDRES ...
IL RASE LA SURFACE DE L'EAU À TOUTE VITESSE !!
BRRROM

BOUM
À VOTRE AVIS, QUEL EST LE PREMIER BOULOT...
QUE DOIT APPRENDRE UN SHAMAN ?

RESTER EN VIE.
PSHHH
VOUS NE RISQUEZ PAS DE SAUVER GRAND MONDE SI VOUS Y PASSEZ D'ENTRÉE DE JEU.
À L'INVERSE, SI VOUS AVEZ LE MINIMUM DE FORCE NÉCESSAIRE POUR SURVIVRE AU DANGER…
VOUS AUREZ LES COUDÉES FRANCHES POUR PROCÉDER AUX SAUVETAGES ET AUX ÉVACUATIONS.
PEU IMPORTE QUE LA BÊTE SACRÉE SOIT TROP PUISSANTE POUR VOUS.
PARFOIS, LA FUITE EST LA MEILLEURE OPTION…
SURTOUT SI VOUS POUVEZ CHASSER DES BÊTES INFÉRIEURES AU PASSAGE.
PAR CONTRE, SI VOUS N'ÊTES MÊME PAS CAPABLES DE FUIR…

ABANDONNEZ ET ATTENDEZ BIEN GENTIMENT…
ON VIENDRA VOUS SOIGNER TOUT À L'HEURE.
CES DEUX-LÀ…
SE SONT FAIT ENGLOUTIR PAR LE PANACHE DE FUMÉE…
VOILÀ LE MONDE…
DANS LEQUEL SE BATTENT LES SHAMANS.

J'AI TOUJOURS ...
EU DE LA PEINE...
EN VOYANT NOTRE GRAND FRÈRE SOURIRE MALGRÉ SES PROFONDS CERNES SOUS LES YEUX.
OU UZUKI NE PAS SE PLAINDRE MALGRÉ SA SOLITUDE.
J'AVAIS BEAU ÊTRE À LEURS CÔTÉS, JE NE POUVAIS RIEN FAIRE.
ALLONS ...

POURQUOI TU TIRES UNE TÊTE PAREILLE, HEIN ?
CEUX QUI LUTTENT CONTRE L'ADVERSITÉ LA PLUS TERRIBLE NE PLEURENT PAS...
PARCE QU'ON LEUR A PRIS JUSQU'AU LOISIR DE LE FAIRE.
C'EST UNE FORCE, MAIS AUSSI UNE DOULEUR.
TAP TAP
S'IL VOUS PLAÎT...

LAISSEZ-MOI ME BATTRE DANS CE MONDE AUSSI.

DASH
TAP
FSHHH

TOUT VA BIEN ?
...
MUTSUKI N'A PAS LA TECHNIQUE NÉCESSAIRE POUR DESCENDRE SI VITE DU HAUT DE LA FALAISE...
IL S'EST SIMPLEMENT...
JETÉ DANS LE VIDE !
IL N'A UTILISÉ SES POUVOIRS...
QU'AU MOMENT D'ATTRAPER LES BLESSÉS ET D'ESQUIVER L'ATTAQUE DE LA BÊTE.
SAUT
POUVOIR

IL A PERDU LA TÊTE ?
UNE FRACTION DE SECONDE DE RETARD ET IL MOURAIT ÉCRASÉ OU CARBONISÉ.
IL A FAILLI Y LAISSER LA VIE !

ENFIN...
VU SON NIVEAU, IL NE POURRA PAS PORTER CES DEUX-LÀ BIEN LOIN.
QU'EST-CE QU'IL COMPTE FAIRE ?
JE NE VAIS PAS FUIR.
CETTE BÊTE EST SI PUISSANTE QUE MÊME RIN'U S'EST REPLIÉE...
JE SAIS BIEN QUE JE NE DEVRAIS PAS L'AFFRONTER.

MAIS POURTANT...
QUAND DES GENS SOUFFRENT SOUS MES YEUX...
J'AI DE LA PEINE POUR EUX.
DÉSORMAIS...
JE NE VEUX PLUS IGNORER CETTE DOULEUR.
DZZZT
DZZZT
PAR LES 54 PERLES ...
DE LA FOUDRE !
TOME 1 - FIN

BONUS

MAISON SUKAKU DE L'EST

BLASON DES SUKAKU DE L'EST

Le mur brisé par Mutsuki dans le premier chapitre se trouve par ici.

UZUKI
Sa chambre est à l'étage. pour sortir, elle doit passer par le rez-de-chaussée très fréquenté, ce qui permet à la famille de la surveiller aisément.

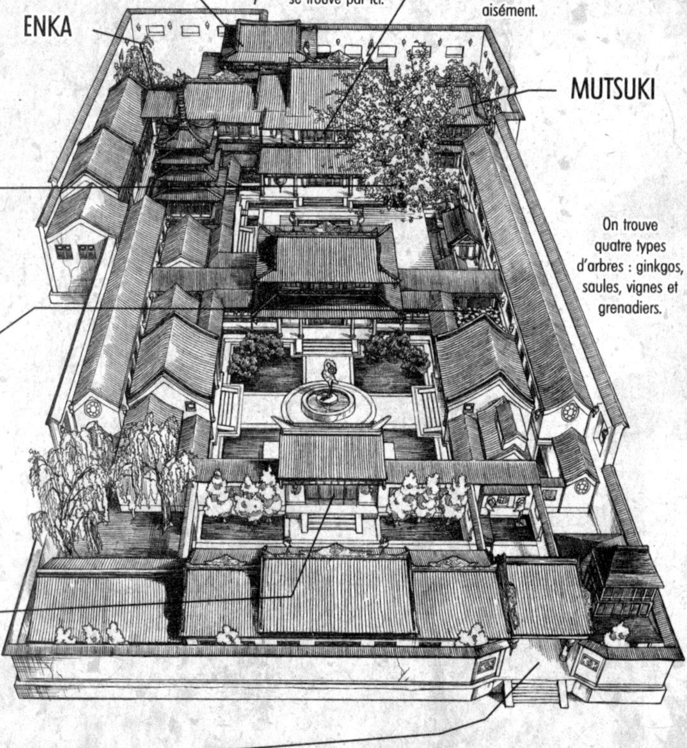

On trouve quatre types d'arbres : ginkgos, saules, vignes et grenadiers.

VUE D'ENSEMBLE

C'est la plus à l'est des cinq maisons. Son architecture est basée sur le style du sud mais intègre des éléments de la culture de l'est.

PLAN

Les bâtiments ont été construits il y a environ quatre siècles, à une époque où on avait en moyenne sept ou huit enfants. Beaucoup de chambres sont donc inoccu-pées à l'heure actuelle.

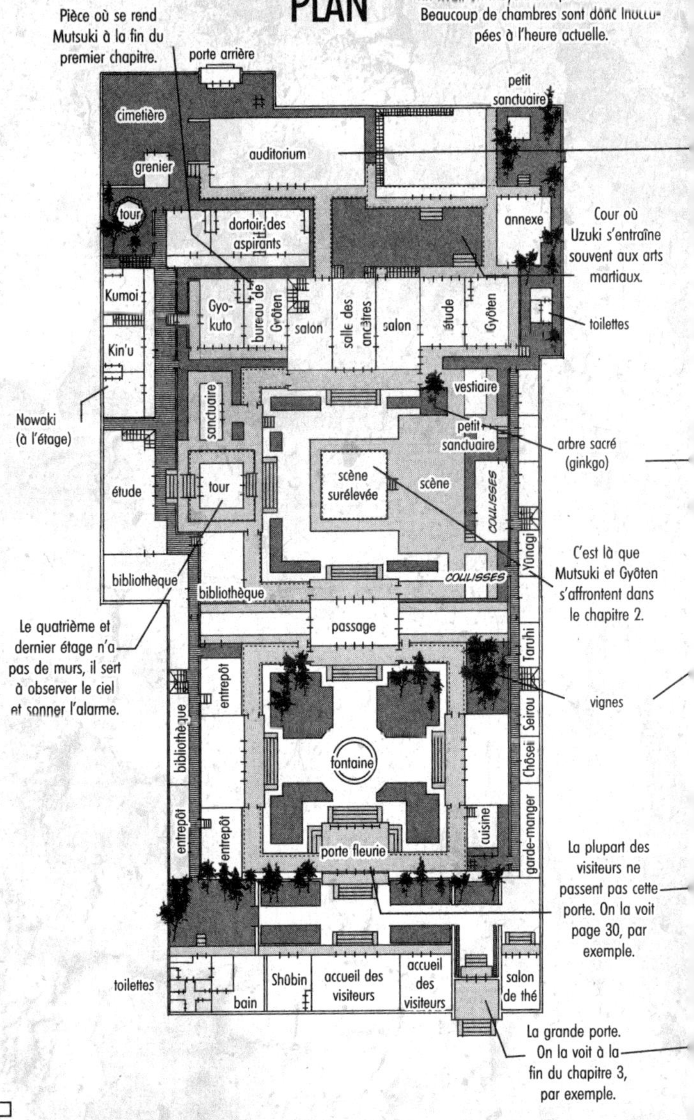

LES ENFANTS EN SAVENT LONG

TIENS ?
IL Y A UN TRUC COINCÉ LÀ-DEDANS...
QUOI DONC ?
POF
UNE POUPÉE ?
QUI A PU CACHER ÇA ICI ?
ON EST À CÔTÉ DES LOGEMENTS DES INSTRUCTEURS, NON ?
ET C'EST LE MÊME TISSU QUE LES HABITS D'ENKA. OH !
C'est fait main ?
MAIS POURQUOI ELLE LE CACHE ?
C'EST TROP MIGNON ! HI HI !
ATCHAAA !

L'ENVERS DU CHAPITRE 1 : KIN'U VS LES XIANBING

TOUTE L'ÉQUIPE :
Laze Usami
Utsurogi
Imori Onii
Sô
Majikana Nakajima
Miki Yatsubo
Momiyo Yamashita

DESIGN ORIGINAL :
Yuki Matsumoto
(BananaGroveStudio)

AKATSUKI JIHEN

AKATSUKI JIHEN Vol. 1
by Chigusa ICHIHARA

Original Japanese edition published by SHOGAKUKAN.
French translation rights in France, Monaco and French speaking Belgium, Luxembourg, Switzerland and Quebec in Canada arranged with SHOGAKUKAN through VME PLB SAS.

Édition française
Crunchyroll
8, rue Ambroise Thomas 75009 Paris
www.crunchyroll.com

DIRECTEUR ÉDITORIAL : Hideki Iyama
SUPERVISION DES DROITS : Emi Iwahashi
SUPERVISION DE L'APPROBATION : Sylvain Hamard
TRADUCTION : Yohan Leclerc
LETTRAGE & MAQUETTE : Hinoko
SUPERVISION ÉDITORIALE : Carla Bois
DESIGN : Clémence Perrot
RESPONSABLE DE FABRICATION : Julie Baudry

ISBN : 978-2-82034-880-7

Achevé d'imprimer en décembre 2024
par L.E.G.O. SpA, Lavis (Italie).
Dépôt légal : février 2025

Certifié PEFC
Ce produit est issu de forêts gérées durablement, de sources recyclées et contrôlées
PEFC
PEFC/18-31-280
www.pefc-france.org

Yoshiaki Sukeno
Twin Star Exorcists
• LES ONMYÔJI SUPRÊMES •
DISPONIBLE EN LIBRAIRIE
crunchyroll
SOUSEI NO ONMYOUJI © 2013 by Yoshiaki Sukeno / SHUEISHA Inc.